내 사랑을 반대합니다

내 사랑을 반대합니다

알프레도 고메스 세르다 지음

김정하 옮김

풀빛미디어
Pulbit media

이 작품에 이름을 빌려주고
생명을 불어넣어 준
마리나에게

멜리베아   어머니, 제 몸 안에 있는 뱀들이
이 가슴을 먹어 버렸으면 좋겠어요.

≪라 셀레스티나≫† 10장 중에서

---

† ≪라 셀레스티나≫: 스페인 작가 페르난도 데 로하스(Fernando de Rojas, ?~1541)가 1499년(현존하는 초판) 쓴 대화체 형식의 소설이다. 올바른 제명은 ≪칼리스토와 멜리베아의 희비극≫.
　　젊은 귀족 칼리스토는 그의 매를 쫓다가 우연히 멜리베아의 정원에 들어간다. 그는 멜리베아를 보고 첫눈에 반하지만, 그녀는 성급한 그의 구애를 거절한다. 칼리스토가 괴로워하자 그의 하인 셈프로니오는 매춘 업소를 운영하는 노파 셀레스티나를 소개해 준다. 셀레스티나와 셈프로니오 그리고 회유당한 하인 파르메노는 이 기회에 칼리스토에게 최대한 많은 금을 뜯어내기로 한다.
　　약과 장신구를 파는 상인으로 위장해 멜리베아의 집에 들어간 셀레스티나는 멜리베아에게 칼리스토가 매우 아프고 나으려면 신성한 허리띠와 성 폴로니아의 기도문의 사본이 있어야 한다고 말한다. 다음 날 물건을 가지러 다시 온 셀레스티나는 멜리베아와 칼리스토를 만나게 하고 두 사람은 연애를 시작한다. 칼리스토는 기뻐하며 셀레스티나에게 많은 금을 주지만, 셀레스티나는 하인들의 몫을 나눠 주지 않는다. 앙심을 품은 하인들은 노파를 죽이고 도망치다가 붙잡혀 사형된다.
　　하인들의 남겨진 연인들은 복수를 결심하고, 멜리베아의 집 밖에서 소동을 일으킨다. 멜리베아와 밀회 중이던 칼리스토는 소동의 원인을 알려고 사다리를 타고 담을 넘다가 실족사하고, 칼리스토의 죽음을 알게 된 멜리베아는 자신의 사랑을 부모에게 고백하고 건물 꼭대기에서 몸을 던져 자살한다.
　　스페인 문학사에서 ≪돈키호테≫에 버금가는 작품으로 평가받은 ≪라 셀레스티나≫는 스페인의 ≪춘향전≫이라 할 만큼 스페인 민중의 기질을 잘 표현한 작품이라 평가받는다. (출처: 태극출판사, 대세계백과사전, 7권 문학/enotes.com)

1장

　　오래전부터 나는 님프와 파우누스(고대 로마 신화에 나오는 숲
의 신. 상반신은 사람의 모습이고 다리와 꼬리는 염소 모양이며 이마에 뿔이 있
음－역자 주)의 꿈을 꾸고 있었다.

　　우리 엄마는 신화에 열광했다. 사춘기 때부터 좋아해서 신
화에 관한 책을 무척 많이 가지고 있었다. 엄마의 친구들은 소
설을 읽었는데, 엄마는 신과 전설적인 인물로 가득한 신화를
더 좋아했다고 했다.

　　엄마는 내가 어렸을 때부터 신화를 들려줬다. 그 문제로 부
모님이 다투던 기억이 있다.

　　"크로노스는 여동생 레아와 결혼했어. 자식 중 하나가 왕
위를 빼앗을 거라는 예언 때문에 크로노스는 자식들이 태어

나자마자 모두 다 먹어 버렸지. 그런데 레아가 제우스를 낳고 숨겼어. 그러고는 크로노스에게 기저귀로 감싼 돌을 아기라며 주고 먹으라고……."

"아이한테 그런 이야기 좀 하지 마."

아빠가 말했다.

"제우스의 탄생 이야기야. 올림포스에서 가장 중요한 신 말 이야."

"아이 나이에 적절하지 않아."

"그럼 아기 돼지 삼 형제나 신데렐라, 엄지 공주 이야기를 들 려주든가. 나는 제우스, 아폴로와 아르테미스, 포세이돈이 나오 는 이야기를 해 줄 테니까."

나처럼 엄마 아빠에게 많은 이야기를 듣고 자란 아이는 없 을 것이다. 엄마는 쉬지 않고 신화 이야기를 들려줬고, 아빠는 엄마를 방해하려고 모든 종류의 옛이야기를 해 줬다. 그중 몇 개는 아빠가 지어냈을지도 모른다.

오래전부터 나는 님프와 파우누스의 꿈을 꾸었다. 언제부 터 그런 꿈을 꿨는지 기억나지 않는다. 정말 이상한 꿈이었다.

파우누스의 외모는 언제나 괴기스럽고 혐오스러웠다. 사람 이었지만 염소의 다리를 가졌고, 발 대신 발굽이 달려 있었다. 게다가 이마에는 작은 뿔들이 번쩍였다. 반대로 님프들은 숲

속에서 노래 부르고 춤을 추면서 하루를 지내는 아름다운 아가씨들이었다. 보통은 영웅과 결혼하거나 어떤 신의 연인이 되었다.

엄마는 님프가 진짜 바보라고 했다. 그리고 21C의 여자가 할 가장 나쁜 일이 님프를 흉내 내는 일이라고도 했다.

꿈속에서 나는 님프였다. 울창한 숲에서 춤추지도 않았고, 시냇물이 흐르는 바위 위에 앉아 있지도 않았고, 시원한 바닷가를 거닐지도 않았다. 나는 텅 비고 어두운 네모난 방에 있었다. 창문도 없고 문도 없었다. 빛은 무척 희미했다. 어디에서 빛이 들어오는지 알 수 없었다. 앉을 의자조차 없었다. 숨 막히는 곳이었다. 나는 무척 초조했다.

그 방에 나 혼자가 아니었다. 내 앞에는 몸집이 크고 위압적인 파우누스가 있었다. 털투성이 다리 아래로 발굽이 있었다. 헝클어진 머리카락과 야만스러워 보이는 수염은 얼굴 주변을 회오리처럼 휘감아 얼굴에서 오로지 뿔만 보였다. 그는 나에게서 눈을 떼지 않았다. 그러면서도 나를 바라보고 있지 않다는 느낌이 들었다. 아니, 그 시선은 나를 향하는 것 같지 않았다.

파우누스는 좁은 방이 불편한 것처럼 이쪽저쪽으로 움직였다. 그의 움직임은 자신 없고 굼떠 보였다. 님프인 나는 불안한 기색을 감추지 못했다.

님프	우리가 어디에 있지요?
파우누스	그게 중요해?
님프	이곳이 마음에 들지 않아요.
파우누스	우리 둘만 있어. 우리가 원하던 거잖아? 생각 안 나?
님프	하지만 여기가 어디예요?
파우누스	무슨 상관이야.
님프	여기까지 어떻게 왔어요? 당신이 나를 데려왔 나요?
파우누스	더 물어보지 마. 나와 함께 있다는 것만 생각 해.
님프	무서워요.
파우누스	내가?

님프는 감히 대답을 못 하고 고개를 숙인다.

파우누스	나 때문에 무섭다는 말이야?
님프	그렇게 말하지 않았어요.
파우누스	대답해. 내가 무서워?
님프	(더듬거린다) 아니요.
파우누스	(만족스러워서 미소 짓는다) 내가 너를 보호해

줄게.

님프   누구에게서요?

파우누스   모두에게서.

님프   저는 한 번도 보호가 필요하지 않았어요.

파우누스   나와 함께 있으면 안전할 거야.

님프   결코 불안하다고 느낀 적이 없어요.

파우누스가 님프를 향하여 몇 걸음 다가온다.

파우누스   나를 사랑해?

님프   네.

파우누스   그렇다면 언제나 안전하다고 느껴야지.

님프   그래요.

파우누스   다른 일들은 내가 알아서 할 거야.

님프   무슨 말인지 모르겠어요.

파우누스   내 말을 다 이해할 필요 없어.

님프는 겨우 눈을 들어 그를 바라본다. 그의 뿔에 계속 시
선이 간다.

님프   전에는 이렇지 않았어요. 왜 변했어요?

파우누스   잘못 생각한 거야. 나는 변하지 않았어. 이제
                 야 우리가 상대를 진짜로 알아 가는 거라고.

님프   하지만 저는……

파우누스   내 모습이 마음에 들지 않아?

파우누스가 한 걸음 더 님프에게 다가온다. 그의 위압적인
모습에 놀란 님프는 다시 고개를 숙인다.

님프   (우물거리며) 마음에 들어요.

파우누스   안 들려.

님프   마음에 들어요!

파우누스   나를 사랑할 수 있다는 게 행운이지. 나와 사
                 랑에 빠졌다는 게…… 설마 사랑에 빠진 게
                 아니야?

님프   어떻게 의심할 수 있어요?

파우누스   나를 사랑한다고 말하지 않으면 의심할 수밖
                 에.

님프   저는 의심하지 않아요. 사랑해요.

파우누스   나를 사랑하는 것이 행운이지?

님프   네. 그런데 당신은요?

파우누스는 대답하지 않고 님프를 껴안는다. 님프는 몸을 맡긴다. 하지만 그녀를 휘감는 불안감을 떨쳐 버릴 수 없다. 파우누스는 그걸 알아차린다.

파우누스　무슨 일이야?

님프　(애원하면서) 저를 해치지 마세요.

파우누스　내가 너를 해칠 거라고 믿어?

님프　이곳에서 꺼내 줘요, 제발.

파우누스　바로 그거야. 애원하는 거야. 그것만 해야 해.

님프가 파우누스에게서 떨어져서 출구를 찾으려고 한다. 어둠 속에서 벽을 하나하나 따라가 보지만, 문은 찾을 수 없고 틈새도 없다. 괴로움은 점점 더해 간다. 감옥은 아니지만 포로가 된 것 같다. 다시 파우누스를 향해 간다. 하지만 파우누스는 사라져 버린다.

님프　어디에 있어요? 제발 혼자 버려두지 말아요.
　　　　이곳은 무서워요.

점점 더 괴로워진다. 공기가 부족하다. 소리치고 싶지만 아무도 들을 수 없다. 팔을 뻗어 천장으로 뛰어 본다. 그곳에서 구원을 만날 수 있을까 해서. 천정은 너무 높다. 곧 자신이 바닥을 밟고 있지 않다는 사실을 깨닫는다. 방 한가운데에 신비롭게 떠 있다. 그 방은 완벽한 상자다. 아무리 노력해도 그 어떤 면에도 닿을 수 없다. 상자는 점점 작아져 그녀를 누르는 것 같다.

님프   어디 있어요? 갑자기 사라지면 안 돼요. 제발, 돌아와요. 여기서 꺼내 줘요!

님프는 땀을 흘린다. 산소가 부족해 숨을 헐떡이며 목에 손을 댄다. 조금이라도 더 공기를 마시려고 입을 벌린다. 절망이 그녀를 덮쳐 버린다.

님프   살려 줘요! 살려 줘요!

그 순간 빛이 들어온다. 그녀는 움직이려고 하면서 더 확실한 것을 잡으려고 한다.

님프   (독백) 꿈이야. 지금 일어나는 일은 아무 의미가 없어. 그냥 꿈일 뿐이야. 악몽일 뿐이야. 눈을 뜨면 잠에서 깨어나게 될 거고 내 침대에, 내 방에, 내 집에 있을 거야. 자, 뭘 기다려?

눈을 떠. 일어나. 일어나라고!

마침내 눈을 떴을 때, 나는 땀을 흘리고 있었고 심장은 두 배나 더 빨리 뛰었던 것 같다. 시각을 보려고 휴대폰을 든 손이 떨렸다. 새벽 5시 20분이었다. 침대 옆 스탠드를 켜려고 했지만 참았다. 불빛으로 부모님을 깨우고 싶지 않았다.

잠옷 소매로 땀을 닦고 얼굴을 보려고 휴대폰의 카메라를 켰지만 빛이 부족했다. 결국 스탠드를 켰다. 내 얼굴은 뭐라 설명할 수 없을 지경이었다. 공포 영화에 나올 법한 몰골을 확인하고 불을 껐다. 다행히 부모님은 깨지 않아 딱히 설명하지 않아도 되었다. 무엇보다 왜 그렇게 불안해하는지, 왜 땀범벅이 되었는지 설명할 필요가 없었다.

겨우겨우 다시 잠이 들었다. 악몽이 되살아날까 봐 두려웠다. 그 고통스러운 상자에 다시 들어가는 느낌은 끔찍했다.

아침 식사를 하는 동안 엄마는 나에게 눈길을 떼지 못했다. 엄마가 무슨 생각을 하는지 너무 잘 알아서 아무 말도 하지 않았다. 방금 샤워로 지난밤 끔찍한 악몽의 모든 흔적을 말끔히 씻어 냈지만, 엄마는 뭔가 눈치를 챘다. 엄마가 질문하게 둘 수는 없었다.

"님프들이 정말 바보라는 말이 사실이에요?"

"님프?"

엄마는 조금 놀란 듯했다.

"여자가 님프를 따라 해서는 안 된다고 했잖아요."

"아, 님프에 그다지 관심은 없었어." 엄마는 커피를 한 모금 마시고 난 뒤 기억이 난 듯 말했다. "님프는 언제나 자연과 관계가 있지. 물·산·들·나무…… 그 점은 흥미로워. 하지만 가여운 님프들은 반쯤은 벌거벗은 채로 시냇물 사이에서 깡충깡충 뛰거나 낙엽 위에서 노래 부르고 춤추고, 결국은 우쭐대는 신과 사랑에 빠져서 자신을 바쳤지. 똑똑한 여자라면 그런 식으로 삶을 살아가겠어?"

"그러면 파우누스들은요?"

"파우누스는 로마 신화에 나오고 님프는 그리스 신화에 나와." 엄마가 덧붙여 설명했다. "하지만 요즘은 모든 것이 뒤섞여 버렸어. 엄격하게 구분하지 않고 있지."

그때 우리를 지켜보던 아빠가 빈 컵을 들고 식기세척기의 문을 열었다. 그러고는 고개를 절레절레 흔들며 말했다.

"믿을 수 없어. 세상 모든 일을 신화에 대입할 셈이야. 딸을 신화 강박증 환자로 만들지 않았으면 좋겠어."

엄마는 그게 뭐 나쁜 일이냐는 식으로 어깨를 으쓱했다. 이 틈에 나도 일어나서 식기세척기에 컵을 넣었다.

"아빠가 들려주신 이야기도 모두 기억해요."

보통 아빠가 먼저 나가는데 오늘은 조금 늦었다. 그래서 우리 셋은 부리나케 집을 나섰다.

학교 가는 길에 나는 차라리 아기 돼지 삼 형제나 잠자는 숲속의 공주, 백설 공주 꿈을 꾸는 게 나았겠다고 생각했다. 적어도 결말은 아니까.

오래전부터 나는 님프와 파우누스의 꿈을 꾼다. 악몽이다. 서로 다른 신화의 인물들인데 왜 내 꿈에 함께 나올까? 하지만 잘 생각해 보면 이상할 것도 없다. 신화는 정말 복잡하니까.

2장

질식할 수도 있지만 물속으로 뛰어든다. 다른 방법이 없다. 물 밖에서는 숨이 막히니까. 물속으로 잠겨 드는 것만이 내가 택할 수 있는 유일한 길이다.

나는 이 바다에서 수영할 줄 모른다. 하지만 이제 어쩔 도리가 없다. 가라앉지 않으려면 계속 물장구를 쳐야 한다.

12월 중순인데, 강렬하게 반짝이는 무책임한 햇빛이 지긋지긋했다. 정말이지 진절머리가 났다. 이맘때는 구름 낀 하늘에 비가 내리거나 눈이 와야 했다. 그리고 무척 추워야 했다. 빌어먹을! 뉴스에서는 역사상 가장 따뜻한 해라고 떠들어 댄다. 나는 아무것도 할 수 없다. 때때로 텔레비전에 나오는 몇몇 인간은 기후 변화의 책임을 나에게 떠넘기려는 듯한 발언을 했다. 계절까지 변하다니!

아무것도 변하지 않으면 좋겠다. 적어도 우리가 변하지 않았으면 좋겠다고 생각하는 것만이라도.

나는 엄마가 부담스럽다. 엄마가 내 방을 엿본다는 걸 알고 있다. 살금살금 복도를 걸어와서 문틈으로 나를 지켜본다. 내가 뭘 하고 있는지 알아보려고 들여다볼 필요는 없다. 나는 '내 엄마인 것처럼 엄마'를 알고 있다. 하하하! 이 말은 엄마가 좋아하는 표현이다. 물론 거꾸로.

'내 딸인 것처럼 너'를 알고 있어.

내가 당신 딸이기 때문에 나를 안다는 말을 돌려서 하는 것이다. 그런데 어떤 순간이 오면, 보통은 그들의 자식이 누구인지 더는 알 수 없게 된다. 모르는 척 행복하게 살아가다가 갑자기 무슨 일이 일어나면 그들은 이마에 손을 갖다 댄다. 머릿속에는 끔찍한 상상으로 가득 차 있다.

우리 부모님도 다르지 않다. 딸의 모든 것을 안다고 생각한다. 완벽하게 감독하고, 그 누구보다 나를 더 잘 안다고 말이다. 그래, 정상적인 일이다. 세상이 세상이었을 때부터 그래 왔던 일이니까.

삶의 법칙.

이 말은 아빠의 입에 밴 말이다. 세 마디 말을 하면 두 번은 이 말이 나온다. 아빠 말에 따르면, 모든 일은 삶의 법칙이기 때문에 일어난다.

엄마와 아빠는 나의 모든 것을 안다고, 내가 아직도 어린아이라고 믿고 있었다. 그건 우스꽝스럽기까지 했다.

'언제 이렇게 컸니?'

'우리 딸 다 자랐네.'

'이제 진짜 여자가 다 되었어.'

'진짜 여자!' 아니, 내가 크면 오리너구리나 태즈메이니아의 용이 될 거라고 생각했나? 아무 생각 없이 그렇게 말한다. 이제는 안다. 그렇게 말하면서 나를 계속 어린아이라고 생각하려는 것이다.

나는 고층 아파트에 산다. 내 방에서 도시가 내려다보인다. 그런데 오염이 심하다. 이 도시는 매연이 가득 찬 모자 속 같다. 나는 그 모자 안에서 숨을 쉰다. 빌어먹을 아조레스 고기압 때문이다. 고기압이 여기에서 움직이지 않는다. 자동차 배기구와 난방 장치의 굴뚝이 오염된 공기가 깨끗해지지 않게 막고 있다. 해가 나지만 밤에는 춥다.

내가 쓴 걸 보니 웃음이 나온다. 일기 예보를 방송하는 기상 캐스터 같다. 하지만 다시 쓰기에는 이미 늦었다. 물이 목까지 차올랐다. 이 글이 나를 떠올려 줄 거라는 희망을 품고, 뭐든 내키는 대로 쓸 것이다.

만일 에우헤니오에게 이야기한다면, 글을 쓰는 건 시간 낭비이며 아무짝에도 쓸모없다고 말할 것이다. 더구나 내 글을 읽어 볼 것이며 행간의 뜻까지 찾으려고 할 것이다. 틀림없다. 언제나 행간의 뜻을 찾으려고 했으니까. 그리고 제멋대로 해석할 것이다. 처음 몇 장을 읽자마자 그만 쓰라고 하겠지.

그래서 내가 쓰는 모든 글은 내 방에서, 나에게서 절대로 떠나면 안 된다. 그가 알아서는 안 된다. 그가 좋아하지 않는 걸 알면서 하니 마음이 불편하다. 하지만 여기까지 왔는데 그런 사소한 것까지 신경 써야 하나?

나는 에우헤니오를 사랑한다.

내가 에우헤니오를 사랑한다고?

그런 일이 일어나고 난 뒤에도 나는 에우헤니오를 사랑한다.

그런 일이 일어나고 난 뒤에도 에우헤니오를 사랑한다고?

그의 이름을 쓸 때 내 손이 떨린다. 설렘일까? 아니면 두려움일까? 두 가지 다일까?

에우헤니오!

그가 모르는데 글을 쓴다는 사실이 주저된다. 특히 이 부분에 어쩔 수 없이 그의 이름이 나와야 해서 더 당혹스럽다.

그에게 전화해서 허락을 받아야 할 것 같다고 어제 네레아에게 이야기했다.

"허락? 그 인간에게?"

말도 안 된다는 표정이었다.

"어쩔 수 없이 걔의 이야기를 쓰게 될 거야. 그러면……."

"그 짐승 같은 녀석한테 그런 말을 할 생각조차 하지 마."

더는 아무 말도 할 수 없었다.

네레아는 나와 가장 친한 친구다. 친구 이상이다. 언제나 그래 왔고 앞으로도 평생 그럴 것이다. 그러기를 바란다.

에우헤니오는 네레아를 좋아하지 않았다. 아니 증오했다. 그의 모든 분노를 네레아에게 쏟았다. 그래서 에우헤니오 몰래 네레아를 만나야 했다. 네레아가 나에게 나쁜 영향을 준다고 했다. 물론 네레아는 에우헤니오가 나에게 그보다 훨씬 더 나쁜 영향을 준다고 생각했다.

"널 가루가 될 지경으로 부숴 버리고 있어. 너를 파괴하고 있단 말이야!" 네레아는 종종 이렇게 말했다. "진짜 마리나를 망가뜨리고 있어. 그 인간과 사귀고부터 너는 네가 아니야. 모르겠어?"

나에 관해 이야기할 순간이 온 것 같다.

나는 마리나다.

마리나.

바다라는 뜻의 마리나. 언제나 바다에서 멀리 떨어진 곳에 살지만 말이다. 내 이름까지도 모순으로 가득 차 있다.

나에 관해서는 이 정도만 말하겠다.

물론 에우헤니오를 알고 난 뒤의 나는 전과 같은 인물일 수는 없다. 그래서 어떤 면에서는 네레아의 말이 맞다. 누군가를 알고 관계가 시작되면 모든 사람은 변하기 마련이다. 누가 그걸 의심하겠는가? 사귀기 전후가 똑같다는 건 불가능하다.

"관계는 내적으로 성장하게 도와주고, 우리에게 새로운 가능성을 열어 줄 때만 좋은 거야." 네레아가 나에게 말했다. "나는 그렇게 생각해."

에우헤니오가 나에게 느끼게 해 주는 것과 똑같이 느끼게 해 주는 남자 친구를 네레아가 아직 못 만났다고 생각한다.

"사랑과 성장이 무슨 관계가 있다고."

"네가 잘못 생각하는 거야." 내 말에 동의하지 않았다. "내가 아드리안과 사랑에 빠졌던 거 생각 안 나? 하지만 함께 성장하는 걸 거부하는 누군가 때문에 내 인생이 꼬인다는 걸 깨달은 순간 걷어찼어. 그런데도 아드리안이 에우헤니오보다 천 배는 더 괜찮은 애야."

네레아는 이런 대화를 나눌 수 있는 유일한 친구다. 네레아의 말로 내가 상처받는 일은 없다. 네레아의 충고를 들으면 때때로 나를 다시 돌아보기도 한다. 네레아는 내가 생각이 없다고 걱정한다. 하지만 나는 한순간도 생각을 멈춘 적이 없다.

네레아는 유일한 친구다. 전에는 친구가 더 많았지만 에우헤니오가 싫어해서……. 그를 도무지 이해할 수 없다. 그건 확실하다. 또한 그에 대해 여전히 모르는 부분이 많다는 것도 확실하다.

에우헤니오는 내가 다른 사람 만나는 걸 참지 못했다. 반동급생이나 내 친구들 말이다. 그냥 대화하는 것도 싫어했다. 나는 누구와도 이야기하지 않으려고 했다.

싸움 장면을 다시 생각하는 건 끔찍하다.

하루는 에우헤니오가 다른 사람과 키스해 본 적이 있는지 물었다. 나는 사실대로 말했다. 에우헤니오를 만나기 전에 나초와 잠깐 만났다고. 몇 번 키스한 적이 있었다고. 물론 이제는 아무 상관없는 사이였다.

그런데 다음 날, 에우헤니오와 나초가 싸웠다. 어떻게 된 일인지 알 수 없었다. 다른 친구들이 나서서 말렸으니 망정이지 그러지 않았더라면……. 나초가 코피를 흘리는 모습을 보면서 나는 울음을 터뜨리는 것밖에 할 수 없었다.

상담 선생님이 나에게 그동안 일어난 모든 일과 내가 느낀 모든 기분을 글로 쓰라고 했다. 이 얘기를 네레아에게 했더니 기가 막히게 좋은 생각이라고 했다. 그러면서 소설 형식을 추천했다. 장을 나누고 소설에 필요한 모든 요소를 가미해서 쓰라고 말이다. 그러면 대단한 성공을 거둘 거라고 했다. 네레아는 줄곧 내가 글을 잘 쓴다고 말해 왔다.

"잘 생각해. 공간, 시간, 인물, 행동."

"휴."

소설을 쓰지 않을 것이다. 의미 있는 건 아무것도 쓰지 않을 것이다. 내가 물속에 머리를 던졌고, 젖어 있다는 건 사실이다. 하지만 오랫동안 물에 떠 있을 자신은 없다. 상담 선생님의 제안은 하나도 중요하지 않다.

아빠에게 빼앗은 만년필로 공책에 글을 쓴다. 아빠는 만년필로 글 쓰는 일이 결코 없으면서도 만년필을 수집한다. 가끔 만년필 튜브를 갈아 줘야 할 것이다. 노트북이나 태블릿에 글을 쓰면 훨씬 빠르겠지만 그렇게 하지 않는 편이 더 나을 것 같다. 네레아가 무슨 말을 할지 뻔하다.

"알겠어? 공책에 손으로 써야 해. 너는 아직도 에우헤니오가 그걸 볼까 봐 두려워하고 있잖아. 인정해야 해! 마음속 깊은 곳에서 그 인간이 원하기만 하면 언제든 노트북을 다시 빼앗길 거라고 생각하잖아. 여태 원하면 낚아채 갔잖아."

"우리 사이에는 비밀이 없거든."

"너만 비밀이 없겠지. 네가 그 애 메일 본 적 있어? 너한테 비밀번호라도 알려 준 적이 있어? 둘이 함께 비밀을 공유한 게 아니잖아. 경찰이 테러리스트를 감시하는 것보다 더 너를 감시해 왔단 말이야."

네레아는 사실을 잘 몰랐고 나는 제대로 설명할 수 없었다. 내가 먼저 모든 계정의 비밀번호를 알려 줬다. 그에게 내 믿음을 보여 주는 방식이었다. 믿음과 함께 나의 사랑을. 그가 나처럼 하지 않았던 것도 사실이다. 하지만 상관없었다.

'우리 사이에는 비밀이 없거든.' 이 문장을 다시 봤다. 나는 그에게 비밀이 없었다. 그런데도 그는 언제나 의심했다. 나를 믿지 못했다. 내가 뭔가를 속인다고 생각했다. 나는 수천 번도 더 그에게 약속하고 맹세했다. 하지만 아무 소용이 없었다.

그가 마음속으로는 그러고 싶어 하지 않았다는 걸 안다. 아마 그를 아는 유일한 사람이 나일 것이다. 나는 그를 안다. 그는 몇 번인가 자신도 어떻게 못 하는 뭔가를 나에게 설명하려고 했다. 그를 다른 사람으로 만들고 미치게 만드는 뭔가를 말이다.

우리가 함께하던 멋진 순간에 그가 자신 없어 한다는 걸 느꼈다. 마치 어린아이처럼 내 품을 찾았다. 그가 나와 사랑에 빠진 에우헤니오였다. 나의 진정한 에우헤니오는 자신의 잘못을 인정하고, 나에게 한 말이나 행동을 후회하고 죄책감을 느

♡

껐다. 그럴 때면 그는 제대로 말을 잇지 못할 정도로 무척 힘들어했다.

마음속으로는 그러고 싶어 하지 않았다는 걸 안다.

마음속으로는…….

마음…….

네레아에게 그가 진짜 후회했다고 말했다.

"그러는 척하는 거야!" 나에게 화를 내며 소리쳤다. "그러는 척하는 거라고! 모르겠어?"

그 모든 일을 겪었지만 에우헤니오가 솔직했고 또 나를 사랑했다는 사실을 안다. 그가 한 대부분의 일은 나를 사랑했기 때문이다.

나를 사랑했다고? 아니면 사랑한다고?

그는 내 사회관계망의 계정을 관리했다. 어떤 때는 나 대신 글을 쓰기도 했다. 나는 그의 마음을 불편하게 하는 일은 하나도 하지 않았다. 그리고 다른 남자아이들에 대해서 관심을 끊었다. 아는 친구든 반 친구든 이웃이든 동네 친구든 말이다.

많은 사람이 사회관계망을 이용해서 뻔뻔스럽게 구애하고 수없이 선을 넘는다. 나도 무척 심한 댓글들을 읽었다. 무척 신경이 쓰였다. 하지만 나는 아무에게도 답하지 않았다. 메시지에 어떠한 암시나 나쁜 취향의 농담이 있으면 읽지도 않았다.

가끔 모든 사회관계망에서 나를 지워 버릴까 생각도 했다.

하지만 그렇게 하지 않았다. 내가 무척 고립된 것처럼, 정말로 혼자인 것처럼 느끼게 될까 봐 두려웠다. 나는 혼자 있는 걸 좋아하지도 않고, 한 번도 혼자 있어 본 적도 없다. 무엇보다 친구들을 좋아한다. 다시 친구들과 함께하고 싶다.

여자 친구들은 섣불리 나에게 아는 척하지 못한다. 그가 그들이 쓰는 문자를 읽을 걸 알기 때문이다. 나는 친구들을 사귀고 싶다. 네레아가 앞으로도 나의 가장 좋은 친구였으면 좋겠다.

에우헤니오는 다른 친구들이 나에게 뭐라고 쓰는지 끊임없이 알려 달라고 했다. 다른 아이들의 댓글에 중요한 거라고는 하나도 없었다. 수천 번도 더 그렇게 이야기했다.

"그렇다면 네가 바보라서 그 말에 담긴 진짜 뜻을 이해하지 못하는 거야. 그 댓글의 다른 뜻 말이야."

그는 종종 이렇게 말했다.

나는 그 이중의 의미를 찾아서 댓글을 읽고 또 읽어 봤다. 단어 하나하나, 글자 하나하나 또박또박 읽으면서 말이다.

"아무것도 없어. 아무것도."

"네가 그들에게 뭔가 말했을 거야."

끈덕지게 자기주장만 했다.

"아니라고 맹세해."

나는 맹세해 본 적이 결코 없었다. 하지만 그는 나를 맹세하는 데 익숙하게 만들었다. 내가 분명하게 말하거나 약속하는 것으로는 충분하지 않다고 했다. 그에게는 맹세가 필요했다. 맹세가 최상의 것이니까.

"네가 그 애들한테 뭔가 말했을 거야."

"아니라고 맹세해."

수천 번을 맹세해도 마찬가지였다. 그런 순간에는 그는 다른 사람이었다. 그의 안에 있던 악한 존재가 완벽하게 그의 모든 감각을 장악해 평화롭게 살 수 없게 하는 것이다. 아니면, 내가 완벽한 바보라서 상황을 파악하지 못했을 수도 있다.

"나는 바보야."

"너는 바보가 아니야!"

네레아가 소리쳤다.

나는 누구보다 에우헤니오를 잘 안다. 그의 가족보다도 내가 훨씬 더 잘 알고 있다. 그는 가족 이야기를 많이 하지 않았다. 어쩌다 하더라도 몇 마디 할 뿐이었다. 그것도 아빠 이야기만 했다. 처음에는 아빠에 대한 존경심일 거라고 생각했지만 마침내 두려움에 물든 존경심이라는 것을 알게 되었다. 존경심과 두려움은 많은 경우에 함께 간다.

그는 엄마가 존재하지 않는 듯 거의 말하지 않았다. 내가 엄마에 관해 물어보면 곧바로 내 말을 끊었다. 우리 동네에 살

앉고 보통 가족처럼 평범해 보였다. 지난여름에 결혼한 누나가 한 명 있다고 했다. 나만큼 부모님에게 사랑받고 자란 것 같지는 않았다.

"이 세상에서 나보다 그를 사랑하는 사람이 없어."

"다시는 그따위 소리 하지도 마!"

네레아가 말했다.

가장 친한 친구와 다투고 싶지 않아서 입을 나물었다.

도망치려고 맹세한 적도 있다. 내가 좀 예민할 때였다.

"맹세할게, 맹세할게, 맹세한단 말이야!"

그 순간에는 내 말을 그가 믿게 해야 한다는 생각밖에 없었다. 내 모습이 그를 더욱 숨 막히게 하는 느낌이 들었지만 말이다. 어떻게든 그를 설득할 수만 있다면, 미친 듯이 그를 사랑한다는 것을 알릴 수만 있다면, 나는 뭐든 했을 것이다.

미친 듯이, 그랬다.

네레아는 어떤 말로도 내 논리를 반박할 수 없다. 누구나 다른 사람을 미치도록 사랑할 수 있다는 사실을 네레아도 알고 있다.

사랑, 광기. 같은 말이 아닌가? 사랑에는 언제나 광기가 함께하지 않나? 지금 내 생각도 마찬가지다. 논리적으로 생각하지 않으려고 한다. 우리가 아는 수많은 사랑 이야기만 봐도 충분할 것이다. 얼마나 많은 소설이 이 바탕 위에서 쓰였던가? 그리고 극작품들은?

"하지만 한계가 있어." 네레아는 고집을 부렸다.

"아니, 없어."

"분명히 있지."

"그 한계가 죽음이라면……."

"헛소리 좀 그만해!"

아니, 한계는 존재하지 않는다. 이런 식으로 일이 돌아가는 게 내 책임은 아니란 말이다. 내가 느끼는 것을 내가 조절할 수 없다. 내가 나를 머리끝부터 발끝까지 감동으로 전율하게 할 수 없다. 내 인생에 의미를 주거나 뺏는 것이 내 마음대로 되는 것은 아니다. 이 모든 일을 그저 자연의 섭리라 치부할 수도 있다. 어쨌든 나는 살아 있는 존재다. 신체 발달은 결승선을 통과했고 사랑에 반응하는 모든 호르몬을 온전히 지닌 채 모든 감정을 오롯이 느끼는 인간이다. 더는 말이 필요 없다.

희미한 종이의 네모 칸 위에

한 자 한 자 너의 이름을 그려 나간다.

내가 그어 나가는 선이 차가운 네모의 완벽함을 부숴 버린다.

나의 선들은 균형에 맞서 반항한다.

춤을 춘다. 그 회오리 속에서 너의 얼굴이 떠오른다.

부드러운 너의 목소리가 메아리쳐 다가온다.

나의 미소는 그 어떤 미소에도, 그 어떤 마음 상태에도,

그 어떤 이야기에도 포함되지 않는다.

그 희미한 선이 내 마음의 창살이라고
누군가 생각했을까?

부모님의 친구들이 저녁 식사를 하러 왔다. 마시모와 베아다. 가족 같은 사이다. 내가 태어났을 때부터 이미 함께였다. 열아홉 살에 대학에서 서로 알게 되었다. 마시모와 아빠는 신입생이던 우리 엄마와 베아에게 눈길이 갔고, 그 둘도 마찬가지였다. 수백만 번이라도 되풀이될 수 있는 너무나도 평범한 이야기였다. 그들은 사귀었고…… 지금까지 이어져 왔다! 이제는 두 사람 더하기 두 사람이 아니라 네 사람이 되었다.

어느 날, 엄마가 재미있는 이야기를 했다. 어쩌다 보니 말이 나왔는데, 사실은 알려 주고 싶지 않았던 것 같다. 처음에는 아빠와 베아, 그리고 엄마와 마시모가 서로 좋아하는 사이였다는 것이다.

"그럼 엄마는 마시모와 사귀고, 아빠는 베아와?"

"그래. 처음에는……."

"그런데 어떻게 된 거야?"

엄마는 내가 그 이야기를 꺼낼 때마다 계속 교묘하게 빠져나갔다. 계속 졸라 대면 아예 입을 다물었다.

마시모와 베아는 우리 가족 같다. 아니 가족이라고 말하는 편이 더 낫겠다. 어쩌다 한 번씩 만나는 이모나 삼촌들보다 더 좋아하니까. 또, 그들의 아들 막스도 무척 좋아한다. 나랑 나이가 같은데 형제나 다름없다. 어렸을 때부터 우리는 형제 놀이를 하면서 놀았다. 그런데 지금은 미국으로 공부하러 갔다. 무척 보고 싶다.

이번 여름에 막스를 만나러 갈 수도 있다. 미국 여행이라니, 정말 꿈만 같다. 물론 막스를 만나는 게 더 기대된다. 막스는 선택의 여지 없이 핏줄로 맺어진 형제가 아니라 내가 선택한 형제다.

요즘은 막스와 스카이프를 통해 이야기하거나 다른 사회관계망으로 메시지를 주고받고 있다. 에우헤니오는 그걸 이해하지 못했다. 아니 이해했다 하더라도 모든 걸 망쳐 버리고 만다. 아주 끔찍하다.

"내 형제야."

"바보 같은 소리 하지 마."

"사실을 말하는 거야."

"너는 형제가 없잖아."

"왜 뻔한 사실을 부정하는 거야?"

"내가 부정한다고? 현실을 받아들이지 않는 건 너야. 너의 가족 관계 증명서를 들여다봐. 머리가 어떻게 된 거 아냐?"

"형제 같다고 말하면 좀 더 마음에 들겠어?"

"형제 같다고 밀하는 건 또 뭔데?"

에우헤니오는 이해하지 못했다. 언제 이해하게 될지 모르겠다. 그 뒤로 점점 더 막스와 이야기하지 않게 되었다. 스카이프를 전혀 연결하지 않고, 메시지가 와도 한참 있다가 답장했다. 나는 핑곗거리를 찾았다. 시험이라 공부해야 한다든가 급한 심부름이 생겼다든가 언제나 같은 핑계였다. 나는 어떻게 해야 할지 몰랐다. 답장이 늦어지면 늦어질수록 막스는 답장을 재촉했고 그러면 일은 점점 더 복잡해졌다.

다시 원래 이야기로 돌아가야겠다.

마시모와 베아가 저녁 식사를 하러 왔다. 막 학기가 시작한 9월이었다. 20일 전에 막스는 미국으로 떠났다. 우리는 평소처럼 막스에 관해서, 그리고 수많은 일에 관해서 이야기했다.

그들과 함께 있을 때면 무척 기분이 좋았다. 심지어 우리 부모님과 정치에 대해 논쟁을 벌이는 것조차 좋았다. 왜 그토록 정치 문제에 열을 올리는지 모르겠다. 네 사람은 언제나 같은 진영이었고 같은 당에 투표했다. 다른 진영이라면 이해할 수 있을지도 모르겠다.

저녁 식사 뒤에 나는 내 방으로 갔다. 금요일이었고, 정치 이야기를 다시 꺼내 피곤했다. 무슨 일이 있었는지는 잘 모르지만, 한동안 모든 사람이 정치 이야기를 하던 때가 있었다. 나는 정치 이야기를 별로 좋아하지 않았다. 특히 에우헤니오가 싫어하니까 더 그랬다. 항상 정치 이야기가 나오면 급하게 뚝 끊어 버렸다.

"정치는 쓰레기야."

"그거야, 상황에 따라……."

나는 조율을 좀 해 보려고 했지만 그는 내 말을 잘랐다.

"상황 따위 필요 없어. 정치인은 모두 다 도둑이야."

"모두 다 그렇다고 하는 건 옳지 않아. 왜냐하면……."

"뭐가 옳고 뭐가 그른지 네가 뭘 아는데?"

그랬다. 다른 방식으로 말했더라면 더 좋았을 것이다. 아니 실제 자신의 모습만 보여 줬더라도 더 좋았을 것이다. 그의 마음속이 그렇지 않다는 걸 나는 알기 때문이다. 나는 안다. 틀림없다. 어떤 이유로 그토록 확신하는지 설명할 수는 없다. 나는 생각이 너무 많다!

"다른 사람 생각을 짐작하지 마." 네레아가 나에게 종종 말했다. "대신 변명해 주지도 말고, 아무것도 설명해 주지 마. 다른 사람을 자기 방식으로 이러쿵저러쿵 말하는 것과 똑같은 거야."

나도 그렇게 생각해 왔다. 하지만 이제는 아니다. 우리가 왜 그런 방식으로 행동하는지 아는 것이 중요하다. 숨겨진 원인이나 설명할 수 없는 이유가 있다. 내가 알지 못할지라도, 에우헤니오 자신이 알지 못할지라도, 그렇게밖에 행동할 수 없는 뭔가가 있는 것이다.

"너를 모욕했어!"

네레아는 화가 나서 어쩔 줄을 몰라 했다.

"나를 모욕하지 않았어."

"내 앞에서 너보고 바보라고 했잖아. 그게 모욕이 아니라고 말할 생각일랑 하지 마."

나를 모욕했다는 것을 인정해야 한다. 하지만 낯선 존재, 악마 같은 존재가 그를 휘어잡고 있을 때만 그렇게 한다.

나를 모욕했다. 그랬다.

'바보'라는 말은 가장 가벼운 모욕이다.

나를 모욕했다. 나를 모욕했다. 나를 모욕했다. 나를 모욕했다. 나를 모욕했다…….

이 말을 이해하려고 여러 차례 반복해야 했다.

왜 내가 쓰고 싶은 것을 쓸 수 없을까? 내 안에도 내가 원하는 것을 하지 못하게 막는 낯선 악마 같은 존재가 있는 것일까?

세 번째로 시도해 본다.

마시모와 베아가 저녁 식사를 하러 왔다.

나는 내 방으로 갔다. 시간도 늦었고 피곤했기 때문이다. 9월이었다. 이미 석 달 전 일이다. 부모님이 그들과 함께 이야기하는 소리가 들렸다. 그런데 갑자기 목소리가 작아져서 무슨 말을 하는지 잘 안 들렸다. 침대에서 몸을 일으켰다. 그렇게 이야기한다는 건 내가 들어서는 안 된다는 뜻이었다. 귀를 기울였다. 그때, 엄마의 목소리가 들렸다. 내 예상대로 나에 관한 이야기였다.

"마리나에게 남자 친구가 생겼어."

"당연한 일이지. 이제 많이 컸잖아."

"이제 숙녀가 되었는걸."

"그렇게 예쁜데 좋아하는 친구들이 얼마나 많겠어."

"전에도 있기는 했는데 이번에는……."

"마리나가 얘기했어?"

"아니, 마리나는 내가 아는 거 몰라. 다 큰 거 같아 보여도 아직 사춘기 아이야."

"요즘은 스무 살까지 사춘기야."

"스무 살? 서른 살까지일 수도 있어. 그 이상일 때도 있고."

"어떤 남자애야?"

"전혀 몰라. 학교 친구인가 봐. 지난 학기가 끝날 때 시작된 거 같아. 그리고 지금도……."

그동안 엄마에게 아무 말도 하지 않았다. 아무 말도! 단 한마디도. 그런데 어떻게 알았지?

내 딸인 것처럼 너를 잘 알아.

내 딸이니까 너를 잘 알아.

그런 걸까? 빌어먹을. 엄마에게 조금이라도 친밀감을 느낀다는 건 불가능했다.

에우헤니오와 나는 지난 학기 말, 여름 방학이 시작되기 며칠 전부터 사귀었다. 그런데 그건 정말이지 끔찍했다. 거의 두 달 가까이 만날 수 없었던 것이다. 그는 해마다 여름이면 할아버지가 계신 시골로 내려갔다.

7, 8월 두 달 동안 무척이나 그를 그리워했다. 나는 해마다 가는 바다에서 보름 동안 지냈다. 난생처음 바다가 싫었다. 그해 여름 내내 하루도 빠짐없이 우리는 이야기를 나누었다. 왓츠앱은 우리 둘만의 비밀 공간이었다.

마리나　　너희 동네 어때?

에우헤니오　우리 할아버지 동네라고 말했잖아.

마리나	하지만 어렸을 때부터 갔잖아.
에우헤니오	그건 그래.
마리나	그러면 너희 동네나 마찬가지 아냐?
에우헤니오	아니야.
마리나	그 동네 마음에 들어?
에우헤니오	며칠은 그렇고, 또 며칠은 아니야.

그때는 며칠은 동네가 마음에 들고, 또 며칠은 마음에 들지 않는다는 말을 잘 이해하지 못했다. 이제는 그의 말을 훨씬 더 잘 이해한다.

며칠은 그렇고, 또 며칠은 아니다. 아마도 그 말이 에우헤니오를 정의할 수 있는 가장 정확한 문장일 수 있다. 며칠은 그 자신이고, 또 며칠은 아니다. 결코 그를 가만히 내버려 두지 않는 낯설고 악마 같은 존재와 맞서 싸우는 전투에서 며칠은 굴복한다. 하지만 또 다른 며칠은 아니다.

"나한테 소설 줄거리 이야기하는 거야?"

내가 그런 이야기를 하면 네레아는 수긍을 못 한다.

"아니야."

"그 소설하고 비슷한 소설을 알아."

"소설 아니라고."

"제목은 '지킬 박사와 하이드'. 좀 더 알고 싶어? 지킬 박사

는 인간 안에 언제나 머무는 선과 악을 분리할 수 있는 약을
만들어 내서……."

"네레아!"

"그러면 나한테 에우헤니오가 지킬과 하이드 같은 종류라
고 하지 마."

"왜 내 말을 이해하려고 하지 않는 거야?"

"반대야. 모두 이해해. 어떤 걸 이해하는 건 세상에서 가장
쉬운 일이야. 사물에 이름을 불러 주기만 하면 돼. 그 사람에
게 맞는 이름을 붙여 주기만 하면 되는 거야. 에우헤니오가 어
떤 사람인지 말해 줄까?"

"아니!"

"듣고 싶지 않아?"

"아니라고 말했어!"

에우헤니오　뭐 하고 있어?

마리나　음, 바닷가에 가고 있어.

에우헤니오　수영해?

마리나　물론이지. 물을 무척 좋아하거든.

에우헤니오　그러면 일광욕도 해?

마리나　물론.

에우헤니오　아무것도 입지 않고?

마리나	가까이에 누드 비치가. 있어. 하지만 우리는 거기에 가지 않아. 그냥 토플리스(상반신을 드러낸 차림새―편집자 주)지.
에우헤니오	안 돼.
마리나	여기서는 다들 그렇게 해. 문제 될 거 없어.
에우헤니오	너는 안 된다고.
마리나	왜?
에우헤니오	다른 사람들이 너를 보는 건 싫어.
마리나	진짜 괜찮다니까.
에우헤니오	나는 괜찮지 않아. 네가 토플리스 일광욕하는 걸 원하지 않는다고.
마리나	무슨 말을 하는 거야?
에우헤니오	그렇게 할 거야?
마리나	네가 무슨 말하는지 모르겠어.
에우헤니오	네가 그렇게 할 건지 알고 싶어.
마리나	하지만…… 왜?
에우헤니오	왜냐하면 너는 나랑 사귀고 있잖아. 알겠어?
마리나	모르겠는데.
에우헤니오	모른다고?
마리나	너 진심이야?
에우헤니오	응.

마리나	정말?
에우헤니오	내가 말한 대로 할 거야?
마리나	너한테 그게 그렇게 중요해?
에우헤니오	아주아주 중요해.
마리나	네가 아주아주 중요하다면…….
에우헤니오	대답해.
마리나	알았어.
에우헤니오	다시는 해변에서 토플리스 하면 안 돼.

내가 몸을 일으켜 수건 위에 앉았던 것이 생각났다. 낯설었다. 불편했다. 벗고 있는 것이……. 전에는 한 번도 경험해 보지 못한 느낌이었다. 비키니 상의를 찾는 동안 팔로 가슴을 가렸다.

"뭐 하는 거야?"

엄마가 물었다.

"내 비키니 상의를 찾고 있어요."

"가방에 있을 거야. 그건 왜 찾는데?"

"무슨 그런 질문이 다 있어요? 왜 찾느냐니?"

"산책하려고 해?"

"아니요."

"도대체 이해할 수 없네."

아무것도 이해할 수 없는 건 나도 마찬가지였다. 가방을 열고 비키니 상의를 찾아 입었다. 내 마음을 뭐라고 설명해야 할지 모르겠다. 불편하고 이상했다. 그곳을 벗어나고 싶은 마음밖에 없었다. 아무도 강요하지 않았지만, 완전하게 내 자유 의지로 결정한 것 또한 아니었다.

나는 다시 수건 위에 누워서 편안하게 쉬려고 했다. 에우헤니오를 생각했다. 내가 그를 얼마나 좋아하는지 알아 가고 있었다. 내 마음이 왜 그에게 끌리는지 설명할 수는 없었다. 나 자신을 완전히 맡겼다고 느꼈다. 그의 태도와 말을 이해했고 확실히 좋아하고 있었다.

그가 그렇게 말한 건 나에게 관심이 있다는 분명한 증거였다. 나는 행복했다. 내가 그를 향해 느끼는 것과 똑같은 것을 그도 느꼈다고 생각했다. 누군가를 사랑한다는 뜻에는 어느 정도의 '포기'도 포함되었음을 그때 깨달았다.

그날 밤 마시모와 베아가 저녁 식사를 하러 왔다.

이제 네레아의 생일에 관해서 좀 쓰려고 한다. 쓰지 않으려고 했었다. 네레아에게 그렇게 말했더니 내가 쓰지 않겠다면 공책을 빼앗아서 자기가 쓰겠다고 했다.

"내 생일이 특별해서 그런 게 아니야." 나에게 말했다. "내가 특별해서도 아니고. 하지만 그날은 중요해. 왜냐하면 우리 모두 에우헤니오가 어떤 인간인지 알게 된 날이기 때문이지. 좋아, 너만 빼놓고 모두가."

지금 와서 그 일을 돌이켜 봐도 그렇게까지 중요한 일은 아니라는 생각이 든다. 하지만 만약 아니라면?

네레아와 에우헤니오는 결코 서로 마음에 들었던 적이 없었다. 사람들이 흔히 말하는 궁합이라는 것일 수도 있다. 두 사람

48   ♡   5장

은 전혀 궁합이 맞지 않았다. 그 비슷한 것도 전혀 없었다. 에우 헤니오는 언제나 네레아가 마음에 들지 않는다고 했다.

"왜?"

"꼭 이유가 있어야 하는 건 아니잖아. 알지 못하지만 마음 에 드는 사람도 있고 마음에 들지 않는 사람도 있는 거지."

"나는 그렇게 생각하지 않아. 어떤 사람을 조금이라도 알 게 될 때까지는……."

"네레아에 대해 알고 싶지 않다고 말했어."

"네레아는 내 친구야,"

"친구가 여럿 있을 수 있지."

그는 경멸한다는 듯 어깨를 으쓱했다.

"나와 가장 친한 친구라고."

"가장 친한 친구는 바뀔 수 있어."

"너에게는 특별한 친구가 없어?"

"특별하다고? 그게 무슨 말인데?"

"네가 가장 좋아하는 친구 말이야."

"필요 없어."

"믿을 수 없어."

네레아의 생일은 목요일이었지만, 토요일 오후로 바꾸었다. 모두가 아는 우리 동네 바의 지하에서 생일 파티를 하기로 했 다. 그런 종류의 모임이 자주 열리는 곳이다. 게다가 부모님들이 그곳을 좋아했다. 주인이 무척 친절하고 책임감 있어서 아이들에게 술이라고는 한 방울도 입에 대지 못하게 하기 때문이다. 열여덟 살이 넘은 친구가 있더라도 말이다.

에우헤니오도 초대받았다. 우리가 사귄다는 걸 아는 네레아가 함께 초대했다. 계산은 나 혼자 해야 했지만, 우리는 공동 선물을 샀다. 그런데 아무 일 없다가 바로 전날 이렇게 말했다,

"나는 가기 싫어."

갈 수 없다고 말했다면 얼마나 좋았을까. 하지만 냉정하게 가기 싫다고 말했다.

나는 그 사실을 머리로 받아들일 수가 없었다. 믿을 수가 없었다. 그래서 농담으로 말했거나, 아니면 화나게 하려고 일부러 그렇게 말했다고 생각했다. 내가 얼마나 함께 생일 파티에 가서 모두에게 우리가 애인 사이라고 알려 주고 싶어 하는지 에우헤니오도 잘 알고 있었다.

"나 안 갈 거야."

그는 고집을 부렸다.

"도대체…… 왜?"

그는 어깨를 으쓱했다. 내가 아무리 물어도 어떤 설명도 해 주지 않았다.

우리는 오후 내내 아무 말도 하지 않고 지냈다. 살아오면서 그토록 이상한 느낌은 처음이었다. 내 머릿속에는 수만 가지

생각이 회오리바람처럼 몰아쳤다. 어떤 이유에서건 나에게 말하고 싶지 않은 문제라도 있는 걸까? 집에 무슨 문제가 생겨서 태도가 바뀐 걸까? 내가 뭔가 불편한 소리를 해서 상처를 준 건 아닐까?

그러나 그는 아무렇지도 않은 것 같았다. 내가 그토록 당황스러워하는데 눈 하나 깜짝 안 했다. 내가 괴로워해도 안절부절못해도 전혀 신경 쓰지 않았다. 무심하게 가로등이나 가게 진열장, 나뭇가지, 하수구 구멍처럼 말도 안 되는 것에 관심이 있는 척하면서 걸었다. 그러다가 가끔 휴대폰을 꺼내서 켜 보고는 바로 다시 껐다. 헤어질 때가 되자 나에게 물었다.

"너는? 너는 갈 거야?"

나는 너무 놀라서 도대체 무슨 말을 하는 건지 한참 생각해야 했다.

"네레아 생일에?"

"갈 거야?"

"나랑 가장 친한 친구잖아."

"갈 거냐고?"

분명히 내 대답을 기다렸다.

"응."

"나는 안 갈 거야." 내 시선을 피하면서 물었다. "내가 안 가는데도 너는 갈 거야?"

"응, 물론이지."

그는 돌아서 가 버렸다. 나는 뒤따라가서 그의 행동을 비난하고, 도대체 왜 그러는지 따져 묻고 싶었다. 하지만 그 자리에서 꼼짝할 수 없었다. 구두 밑창이 아스팔트에 녹아 버린 것 같았다. 나는 잡혀 버렸다. 그에게 소리치고 싶었다. 무슨 일인지 말해 주지 않은 채 그렇게 가 버리지 말라고 애원하고 싶었다. 내가 잘못한 게 있다면 천 번이라도 용서해 달라고 말하겠다고 하고 싶었다. 하지만 단 한 마디도 나오지 않았다.

가끔 내가 느끼는 것을 제대로 설명할 말을 찾는다. 딱 맞는 말을 쓴다는 건 정말 어렵다. 언제나 조금 더 나은 말, 조금 더 적절한 말이 있다. 불행하게도 대개 그런 말은 떠오르지 않는다.

심연, 두려움, 어둠, 고통…… 그 순간 내 정신 상태를 정의할 말은 초조함이었다. 이 말이 좋기도 하고 무섭기도 하다. 초조는 평온과 반대되는 말이다. 두 단어는 공존할 수 없다. 하나는 다른 하나를 밀어낸다. 마치 째깍째깍 소리 내는 시한폭탄을 꼭 쥐고 있는 느낌이다. 온몸에 땀이 난다.

네레아의 생일 파티에 혼자 갔다. 아니 초조함과 함께 갔다는 말이 더 정확했다. 초조함은 불확실, 걱정, 동요, 불안이기도 했다. 밖에 버티고 선 위협이 아니라 내 몸 세포로 스며든 어떤 것이다.

"너 혼자 왔어?"

"응."

"에우헤니오는?"

"왜 못 오는지 모르겠어."

"상관없어."

"선물 마음에 들어?"

"정말 멋져! 정말 고마워."

내 친구 모두가 모여 있었다. 몇몇 친구는 남자 친구를 데리고 왔다. 다른 남자아이들도 있었다. 대부분 학교 친구이거나 동네 친구였다.

여러 차례 노력해 봤지만 초조함에서 벗어날 수 없었다. 내가 초조함 그 자체로 변해 버린 건 아닐까 생각했다. 초조해한다는 사실 때문에 화가 났지만 벗어날 수 없었다. 에우헤니오 잘못이었다. 이해하기 어려운 돌출 행동, 무시하는 듯한 말투, 제대로 설명하지 못하는 모습 등등 전부 말이다.

갑자기 친구들의 눈길을 끌고 있다는 생각이 들었다. 나는 눈에 띄지 않으려고 한쪽 구석에 있었다. 하지만 모두 나를 보고 있었다. 긴장감이 점점 더 심해져 그곳을 떠나고 싶었다. 그렇게 하지 못했던 건 순전히 네레아 때문이었다. 네레아의 생일이었으니까.

"너 괜찮아?"

"괜찮아." 거짓말했다.

"너 조금 이상해 보여."

"정말 괜찮아."

에우헤니오는 끊임없이 그들과 나 사이에 끼어들었다. 무슨 이상한 능력으로 그렇게 만들어 놓은 건지 도대체 알 수 없었다. 차라리 그의 말을 듣고 파티에 오지 말았어야 했나 싶었다. 적어도 하나만이라도 이유를 알았더라면. 그를 이해할 수 없었다. 이해하고 싶었지만 이해할 수 없었다. 내가 그를 이해하든 말든 그는 전혀 신경 쓰지 않는 것 같았다. 그럴 수는 없는 일이다.

조금 뒤에 갑자기 에우헤니오가 나타났다. 문을 열고 들어오는 그 순간 알아봤다. 나를 찾아 여기저기 둘러봤다. 내가 있는 곳을 발견하자 친구들의 인사도 모른 체하고 홀을 가로질러 왔다. 네레아가 인사하려고 했을 때조차 멈추지 않았다. 네레아가 나와 가장 친한 친구라는 것을 잘 알면서도 말이다. 자기 마음에 들지 않는다고 해도 좀 더 예의 바르게 행동했어야 한다.

"너 나랑 사귀고 있어?"

무슨 말을 하는지 알 수 없었지만 대답했다.

"응."

"그렇다면 나와 함께 있으면 좋겠어."

"나는 너와 함께 있어."

"지금."

네레아는 가까이 다가와서 우리를 관찰하고 있었다. 표정과 몸짓에서 얼마나 놀라고 화가 났는지 알 수 있었다.

"하지만…… 오늘은 네레아 생일이야."

"나도 알아."

그러자 네레아가 폭발했다. 네레아는 그랬다. 쉽게 폭발한다. 특히 뭔가가 부당하다고 생각할 때는 더 그랬다.

"이봐, 에우헤니오. 네가 원한다면 내 생일 파티에 함께해도 좋아. 하지만 나나 내 손님들을 괴롭힐 목적으로 왔거나 내 생일 파티를 망칠 권리가 있다고 생각한다면, 들어왔던 문으로 꺼져 버려. 알겠어?"

에우헤니오는 완전히 네레아를 무시했다. 내 대답을 기다린다는 듯, 그것 말고는 아무것도 중요하지 않다는 듯, 계속해서 뚫어지게 나를 바라봤다.

네레아가 다시 한번 퍼부으려고 해서 내가 끼어들었다. 싸움이 벌어질까 봐 무서웠다. 모두 네레아 편이 될 것이고 에우헤니오는 험한 꼴로 쫓겨나게 될 것이었다.

"나에게 맡겨 줘."

사실 간청에 가까웠다.

네레아가 나를 보더니 조금 진정했다.

"좋아. 그럼 네가 말해."

에우헤니오의 팔을 잡고 친구들에게서 떨어지면서 홀 끝으로 데리고 갔다. 도착하기 전에 그는 험악하게 내 팔을 뿌리쳤다. 나는 한 번에 여러 가지를 설명하고 싶었다. 하지만 어디서부터 시작해야 할지 몰랐다.

"너 나와 사귀고 있어?"

갑자기 나를 그토록 놀라게 했던 그 질문을 다시 했다.

"응."

"그러면 여기에서 나가자."

모두 우리를 보고 있었다. 네레아가 참으려고 얼마나 애를 쓰는지도 보였다.

"하지만 내 상황을 좀 이해해 봐."

내가 생각하던 것을 설명하려고 했다.

"내가 왜?" 거만하게 말했다. "나는 나갈 거야. 만일 네가 나와 사귀고 있다면 따라 나와야 해."

그는 단호하게 돌아서서 나가다가 문 앞에서 잠시 멈췄다. 몇 초 동안 기다리다가 곧 가 버릴 것이다. 오싹 소름이 끼쳤다. 그를 잃고 싶지 않아서 그를 따라 달려갔다.

"마리나!"

네레아가 소리쳤다.

나는 네레아를 돌아보면서 눈빛으로 설명하려고 애를 썼다. 에우헤니오를 따라 파티 장소에서 떠나는 것이 지금 최선이라고, 게다가 내가 그걸 원한다고, 내 걱정은 하지 말라고, 내일 전화해서 설명해 주겠다고……. 단 한 번의 눈빛으로 그 많은 이야기를 하고 싶었다.

거리에서 네레아가 마지막으로 퍼붓는 욕설을 들었다.

"거지 같은 놈!"

그 순간 나는 에우헤니오가 거지 같은 놈이 아니라고 생각했다. 아닐 거다. 절대 그럴 리가 없다. 내 마음을 사로잡은 인물이다. 온종일 에우헤니오 생각을 한다. 옆에 없을 때는 매 순간 그를 그리워한다. 내가 처음으로 사랑에 빠진 친구다. 사랑에 빠진. 그렇다. 내 사랑은 너무나 강렬해서 앞으로 살면서 또 다른 누구에게도 지금 느끼는 것과 똑같은 감정을 결코 느끼지 못할 것이다.

우리는 한참 동안 입을 다물고 걸었다. 산책이 아니었다. 서로 옆에 있었지만, 함께 있던 건 아니었다. 우리 집 문 앞에 도착하자 그는 갑자기 멈췄다.

"너 나와 사귀고 있는 거지?"

세 번째 똑같은 질문을 했다. 내가 이해하지 못한 질문이고, 지긋지긋해졌다.

"응."

"그렇다면 너의 삶은 바뀐 거야."

"알아. 그래서 나는 기뻐……."

"나는 네 친구가 마음에 안 들어."

내 말을 끊었다. 점점 더 혼란스러웠다. 내 말을 막았는데 뭐라고 따져 물어야 할지 몰랐다.

"네레아는 어렸을 때부터 나랑 가장 친한 친구야."

"내가 지금 어떤 기분인지 그게 더 중요한 거 아냐?"

"너를 이해하려고 노력하고 있어. 하지만 너는……."

에우헤니오가 턱짓으로 우리 집 문을 가리켰다.

"집에 들어가는 편이 낫겠다."

"아직 너무 이른데 우리 어디 좀 가서……."

"그러고 싶지 않아."

어쩔 수 없이 몸을 돌려 문을 열었다. 그는 나를 감시하듯 바라보면서 꼼짝도 안 했다.

"내가 가장 원하는 건 너를 행복하게 해 주는 거야."

그가 작별 인사처럼 말했다.

그 말을 할 때만 웃어 보였다. 뭐라고 설명해야 할지 모르겠지만 그의 미소는 솔직했다. 입술만 웃어 보인 것이 아니라 눈으로, 눈빛으로, 행동으로 웃었다. 나는 그 타이밍을 잡기로 했다.

"그런데 너는 왜……?"

"나는 우리 둘의 행복만 생각해."

그는 몸을 돌려 멀어져 갔다.

집으로 들어가서 오후 내내 에우헤니오의 마지막 몸짓과 말을 생각했다. 우리 둘. 어쩌면 나는 그것을 이해하지 못했는지 모르겠다. 이제는 우리 둘이다. 그래서 두 사람의 행복을 추구하는 것이 중요하다. 그래, 거기에 열쇠가 있었다.

하지만 마음이 무척 아팠다. 괴로워하는 나를 홀로 남겨놓고 문 앞에서 돌아가다니. 잠시라도 서로 눈빛을 주고받는 것이 왜 불가능했을까? 1초라도 더 나를 바라보면서 머물렀더라면, 나는 틀림없이 다른 식으로 행동했을 것이다.

서로 바라보는 것은 마법의 향유와 같은 것이다. 아무도 우리를 방해하지 못하는 그곳으로, 어떤 악마도 우리의 감정을 망가뜨릴 수 없는 그곳으로, 우리가 서로를 발견하고 서로 좋아했던 그곳으로 우리를 데려다주는 마법의 향유다.

왜 그럴 수 없을까? 왜 상식적이고 다정한 에우헤니오가 나에게 허락되지 않을까? 나만 알고 있는 에우헤니오가 왜 나에게 허락되지 않을까?

초조함은 늪에 빠진 발가락 같다.
진흙 속에서 썩어 가는 나무줄기처럼 기다랗다.
출구를 찾지 못하는 미로처럼 복잡하다.

내가 꼼짝하지 못하게
살금살금, 비겁하게, 내 발을 단단히 움켜쥐고
흉측한 마디로 잡아당긴다.

걸어 보려 하지만 걸을 수 없다.
이 나락에서 빠져나가려고 발버둥 쳐 보지만
다리가 말을 듣지 않는다.

초조함은 끝없이 깊기만 하다.
심연에서 또 내려가는 심연처럼
초조함은 난폭하다.
폭발로 이어지는 또 하나의 폭발처럼
초조함은 어둡다.
밤 안으로 숨어드는 또 하나의 밤처럼

그날 오후 내내 집에 틀어박혀 있었다. 다행히 부모님은 마시모, 베아와 함께 영화를 보러 갔다. 그러니까 집에 돌아오려면 한참 있어야 한다. 영화 보고 나면 2차로 술도 한잔하기 마련이니까.

혼자 있어서 그 어떤 질문에도 대답하거나 설명할 필요 없다는 것이 엄청나게 감사했다. 처음에는 지쳐 빠지도록 울었다. 그런데 왜 우는지 이유를 정확하게 설명할 수 없었다. 표면적인 이유를 추론하기는 쉬웠다. 지금 끄적이는 이 글을 누군가 읽는다면 바로 답을 찾아낼 것이다.

어쩌면 아닐 수도 있다. 나를 울게 만든 뭔가가 있지만 그거 말고도 뭔가 더 있는데 그걸 설명할 수 없다. 나의 이해력을 벗어난 어떤 것 때문에 화가 나서 눈물이 나는 것 같다.

얼마나 울었는지 더는 눈물이 나오지 않았다. 아무 부담 없이 혼자서 화풀이한다는 건 아주 좋은 일이다. 실컷 울고 났더니 진이 다 빠졌다.

네레아의 생일 파티에 다시 가 볼까도 생각했다. 그것이 내가 가장 하고 싶은 일이었다. 네레아와 함께 있는 것, 친구들과 함께 있는 것, 모두와 함께 웃고 노래하고 춤추고 생일 파티 때나 먹을 수 있는 특별한 요리들을 맛보는 것 등등 말이다. 정말로 그러고 싶었다.

하지만 단 한 순간도 집을 나설 엄두는 못 냈다. 움직여 볼까 하는 생각조차 못 했다. 몸을 움직이지도, 문 쪽을 보지도 않았다. 아무것도 하지 못했다. 그저 생각만 할 뿐이었다. 도대체 왜 내가 마비된 거지? 어쩌면 과소평가했던 초조함의 힘이 상상보다 훨씬 더 컸던 것인지도 모른다.

에우헤니오가 전화할 거라고 믿고 한참 기다렸다. 나를 반강제로 네레아의 생일 파티에서 끌고 나온, 그 말도 안 되는 행동을 생각했다. 여러 가지 추론 끝에 도달한 결론이 있다.

두 가지 이유를 찾아냈다. 첫째는 단순히 화가 났다는 것이다. 어떤 종류의 화일까? 모르겠다. 하지만 우리는 모두 화를 낸다. 대부분 그럴 때는 우리 자신도 이해할 수 없을 만큼 비이성적이다. 조금 진정되면 자신의 행동이 부적절하다는 사실을 깨닫는다. 그렇다면 지금쯤은 후회하고 있을 것이다. 어쩌면 휴대폰을 들고 내 전화번호를 누르고 있을 수도 있다.

둘째 가능성은 더 복잡하지만 더 정확할 수도 있다. 에우헤니오는 단순히 화가 나서 그렇게 행동한 것이 아니라 알면서 일부러 그런 것이다. 이번 경우에도 그 일을 하기까지 수없이 고민했을 것이다.

우리 집 문 앞에 나를 두고 떠난 그 순간을 받아들일 수 없었을 것이다. 계속 고민한다면, 자신이 한 일이 아무 의미가 없으며 그런 식으로 모두가 보는 앞에서 내 친구의 파티에서 나를 떠나게 했다는 사실에 대해 틀림없이 나에게 사과하고 싶다는 결론에 이르렀을 것이다.

그날 밤, 수천 번도 더 상상했다. 휴대폰을 보면서 내 전화번호를 누르려는, 자신의 잘못을 인정할 준비가 된, 나와 이야기할 준비가 된, 우리 사이에 아무 일도 없었던 듯 전처럼 돌아갈 준비가 된 그의 모습을 말이다.

밤 10시 가까이 되어서야 에우헤니오가 전화할 거라는 기대를 접었다. 하지만 무척 그와 이야기하고 싶었다. 오후에 무엇을 했는지, 어디에 있는지 알고 싶었다. 그의 목소리가 듣고 싶었다.

전화를 걸기 전에 왓츠앱을 보냈다.

마리나　　　안녕, 에우헤니오.

한참 지나서야 답이 왔다.

에우헤니오　안녕.
마리나　　　뭐 해?
에우헤니오　아무것도.
마리나　　　집에 있어?
에우헤니오　아니.

말하고 싶은 생각이 전혀 없어 보였다, 적어도 나랑은.

마리나　　　우리 집이나 너희 집에서 오후를 함께 보낼
　　　　　　　줄 알았어.
에우헤니오　왜?
마리나　　　그러려던 거 아냐?
에우헤니오　아니.
마리나　　　파티에 가고 싶어 하지 않았잖아.
에우헤니오　내가 싫었던 건 네가 그 파티에 있는 거였어.

한참 동안 아무도 아무 말도 못 했다. 말을 잇지 못한 건

♥

나였다. 그는 시큰둥하게 답만 했으니까. 그가 나를 그렇게 대한 건 마음이 없어서가 아니었다. 나와 거리를 유지하기로, 나를 벌주기로 꼼꼼히 준비한 계획이었다. 하지만 나를 벌준다고⋯⋯ 왜?

마리나	어디에 있어?
에우헤니오	그냥.
마리나	어디에 있는지 말해 주지 않을 거야?
에우헤니오	응.
마리나	나는 너에게 모든 걸 다 말하잖아.
에우헤니오	알아.
마리나	이제 집으로 갈 거야?
에우헤니오	버틸 만큼 버티다 들어갈 거야.

이미 다 울어 버려서 눈물 한 방울도 더 흘릴 수 없었다. 하지만 무척 낯선 느낌이 몰려왔다. 뭔가 삼켜 버린 것 같았다. 아주 작은 입자를 삼켰는데, 갑자기 내 안에서 자라나는 것 같았다. 자라면서 점점 더 단단해진 그것이 온 사방에서 나를 괴롭히고 조여 왔다. 편안하게 숨쉬지 못하게 하고 심장을 점점 빨리 뛰게 했다.

온 힘을 다해서 메시지를 하나 더 보냈다.

마리나   우리 내일 만날까?

대답이 없었다.

아무 말이 없었다.

단 한 개의 단어조차 없었다. 이모티콘 하나도 없었다. 아무것도 없었다. 휴대폰 화면을 바라보면서 한참을 기다렸다. 이제는 휴대폰을 켜 놓고 있는 것 같지도 않았다.

그때 네레아가 여러 번 한 말이 생각났다.

"내가 어디로 보내 버리고 싶은지 알려 줄까, 그……!"

네레아가 에우헤니오에게 쓴 그 단어를 쓰고 싶지 않다. 하지만 네레아 말이 맞는다면? 만일 에우헤니오를 그리로 보내 버린다면? 어디로? 장소는 아무것도 아니다. 사실 그 말이 뜻하는 것은 내가 그로부터 자유로워지는 것이었다. 하지만 내가 그에게서 자유로워지고 싶어 했던가?

그 주말이 내 인생에서 가장 슬픈 주말이 될 거라고 생각했다. 그 생각은 틀리지 않았다. 에우헤니오가 보낸 마지막 문장이 머릿속에 맴돌았다.

'버틸 만큼 버티다 들어갈 거야.'

자기 집을 말하고 있었다. 틀림없이 집으로 돌아가고 싶지 않다는 뜻이었다. 그렇다면 왜 나와 함께 있으려고 하지 않는 걸까?

부모님이 돌아왔을 때 나는 자는 척했다. 내 방을 들여다 보고는 목소리를 낮추었다. 그날 본 영화를 이야기하고 있었 다. 엄마는 영화가 정말 멋졌다고 했고, 아빠는 쓰레기 같다고 했다.

인생도 역시 그럴 것이다.

8장

꿈 같았다. 하지만 꿈은 아니었다. 꿈의 모든 요소를 갖췄지만 꿈은 아니었다. 왜 우리의 기억은 때때로 가면을 쓸까? 부모님이 그렇게 이야기하는 걸 들었다. 언제나 어른들 이야기다. 어른들은 기억을 조작해 그들이 처한 현실과 이익에 맞춘다고 했다. 그 말이 맞는지 모르겠다. 그러나 내 얘기는 아니다. 나는 어른과 완전히 반대다. 나는 너무 어려서 내가 여자인지조차 모르겠다. 나는 무엇일까? 쉽게 이해하려면 사춘기 소녀라는 말을 써야 할지도 모르겠다. 헐! 사춘기라는 단어는 정말이지 너무너무 싫다.

꿈 같다. 하지만 꿈은 아니다.

님프는 방 안을 빙빙 돌아다닌다. 아무것도 변하지 않은 까만 벽으로 둘러싸인 네모난 방이다. 어디에서 들어오는지 모르는 희미하고 차가운 빛이 스며드는 텅 빈 커다란 상자다.

님프   여기에서 나가고 싶어! 참을 수 없어! 문을 찾아서 달아나고 싶어! 누가 나 좀 도와줘.

네레아 목소리   열쇠는 너의 손에 있어.

님프   (자기 손을 바라본다) 아무것도 없어.

네레아 목소리   네 말만 듣는 보이지 않는 열쇠야.

님프   더 혼란스럽게 하지 말아 줘.

네레아 목소리   나는 사실을 말하는 거야.

님프   무서워.

네레아 목소리   우리를 굴복시키지만 않는다면 무서워하는 건 나쁜 게 아니야.

님프   모든 것이 너무나 어두워.

네레아 목소리   일단 거기에서 나와.

님프   나를 도와줘.

네레아 목소리   너를 도와주고 싶어. 하지만 네가 그렇게 못 하게 해.

깊은 침묵이 흐른다. 님프는 방 한가운데 있다. 어찌할 바를 모른 채 사방을 두리번거린다. 벽을 따라 달린다. 달아날 틈을 찾으려 벽을 손으로 더듬는다. 갑자기 손에 커다란 무언가가 부딪힌다. 님프는 놀라서 뒷걸음질한다. 파우누스가 천천히 그녀에게 다가온다.

파우누스   무서워하지 마.

님프   누구세요?

파우누스   나 못 알아보겠어?

님프   여기서 나가고 싶어요.

파우누스   그래.

님프   나를 꺼내 줄 건가요?

파우누스가 님프에게 다가와서 부드럽게 어깨를 잡는다. 님프가 떨고 있다.

파우누스   눈을 감아. 내가 뜨라고 할 때까지 눈을 뜨면 안 돼.

님프가 눈을 감는다.

파우누스	네가 가장 좋아하는 곳을 생각해 봐. 바다라든가 들판, 시냇물, 강가 같은……. 자연이 진짜 너의 집, 너의 본질이지.
님프	그러고 있어요.
파우누스	기분 좋은 여름날의 열기가 느껴져?
님프	느낄 수 있어요.
파우누스	맨발에 스치는 시냇물의 투명한 물이 느껴져?
님프	네.
파우누스	나뭇가지를 흔드는 부드러운 바람은?
님프	네.
파우누스	새들이 지저귀는 소리는?
님프	네.
파우누스	야생화의 향기도 모두 맡을 수 있어?
님프	(냄새를 맡는다) 모든 꽃향기를 느껴요.

갑자기 장면이 바뀐다. 님프와 파우누스는 광대한 자연 한복판에 있다. 이제 강렬한 빛이 비친다. 파우누스가 님프를 놓아준다. 님프는 계속 눈을 감고 있다. 아직도 혼란스럽다. 숨을 쉬어 본다.

님프	어떻게 된 거예요?

파우누스　　눈을 뜨고 직접 봐.

님프가 눈을 뜬다. 황홀하다. 눈앞에 보이는 장면을 믿을
수 없다. 마침내 파우누스에게 묻는다.

님프　　　　당신이 나를 여기로 데려왔어요?

파우누스　　응.

님프　　　　하지만 당신이 나를 그 끔찍한 방에 가두었
　　　　　　　어요.

파우누스　　그랬지.

님프　　　　왜 그랬어요?

파우누스　　너를 위해서였어. 우리를 위해서였어.

님프　　　　하지만 우리 둘을 위한 일을 혼자 결정하면
　　　　　　　안 돼요.

파우누스　　누군가는 그 일을 해야 해.

님프　　　　우리가요.

파우누스　　우리라고?

님프　　　　당신과 나.

파우누스　　너…… 나?

님프와 파우누스는 바위 사이를 흘러가는 티 없이 깨끗한

시냇물 옆에 눈이 부시도록 푸른 풀밭에 눕는다. 나뭇가지들은 평화롭게 흔들리고 매미들은 맴맴 운다. 님프가 파우누스의 털이 난 다리를 뚫어지게 바라본다. 염소의 다리 끝에 발굽이 보인다.

님프   우리 엄마가 님프들은 그리스 신화에 나오고
          파우누스는 로마 신화에 나온다고 했어요.

파우누스   무슨 상관이야.

님프   그 말은 우리가 함께 있을 수 없다는 말이에요.

파우누스   네 엄마가 한 말 따위는 상관없어.

님프   (웃는다) 우리가 우리의 신화에서 도망쳐 나
          와서 만난 것이 아니라면요.

파우누스   재미있어?

님프   도망치는 건 언제나 재미있어요.

파우누스의 표정이 변하면서 침묵에 잠긴다. 마치 님프의 마지막 말을 깊이 생각하는 듯이.

님프   그렇지 않아요?

파우누스   아니.

님프   우리가 이 멋진 곳으로 도망쳐 나왔다는 게

좋지 않아요?

파우누스 우리는 도망친 게 아니야. 내가 너를 여기로
데려왔다는 걸 기억해.

이제 님프의 표정이 변한다. 어찌할 바를 모르는 표정이다.
둘 사이에 다시 침묵이 흐른다. 님프는 그들이 누운 자리에 깔
린 풀잎 이불을 바라본다. 그리고 조금씩 조금씩 아주 천천히
파우누스를 바라본다. 튼튼한 다리가 인상적이다. 그다음에는
인간의 모습을 한 상반신을 바라본다. 고전적인 조각상처럼
매끈하다. 살짝 대리석 같은 창백함마저 엿보인다. 목은 단단
한 기둥 같다. 근육과 힘줄과 핏줄까지 보인다. 뺨에는 듬성듬
성 턱수염이 빈약하게 자라났다. 숱이 많아 헝클어진 긴 머리
카락과 대조적이다. 그 머리카락 사이로 작고 뒤틀린 뿔이 솟
아 있다.

파우누스 전에는 파우누스를 한 번도 본 적 없는 것처
럼 나를 보네.
님프 당신이 내가 아는 유일한 파우누스예요. 정말
멋져요! 왜 가끔 당신이 무서워지는지 모르겠
어요.
파우누스 내 모습 때문일 거야.

님프 아니에요.

파우누스 그럼 왜지?

님프 당신 행동 때문이에요. 당신 행동을 내가 이 해한다면 무섭지 않을 거예요. 하지만 이해할 수 없어요.

파우누스 내 모든 행동은 논리적이야.

님프 당신에게는 논리적이겠지요.

파우누스 내게 논리적이면 그걸로 충분해.

님프 적어도 왜 그런지 설명해 준다면…….

파우누스 설명할 수 없는 일이 있어.

님프 (미소를 짓는다) 그런 거라면 잘 알고 있어요.

님프는 한숨짓는다. 그리고 위아래로 다시 한번 파우누스를 본다. 팔을 뻗어 그의 어깨를 만져 본다. 어깨에서 손이 미끄러진다. 그의 몸으로 손이 내려간다. 옆구리로, 허리로. 허리에서 변형이 시작된다. 부드러운 피부가 짧고 두텁게 자라난 털 때문에 따갑게 느껴진다. 그때 파우누스가 옷을 입고 있지 않다는 사실을 깨닫는다. 완전히 벌거벗었다. 조금 당황스럽다.

파우누스 왜 그래?

님프 오늘날의 소녀는 옛날의 소녀와 다르다는 걸

알아요? 예전의 소녀는 남자가 시작할 때를
기다렸지요. 속으로는 무척 원하면서요.

파우누스 너는 소녀가 아니라 님프라는 사실을 알아야지.

님프 님프 역시 바뀌었어요.

파우누스 무슨 말이 하고 싶은 거야?

님프 보여 드릴게요.

님프가 파우누스에게 달려든다. 그는 저항한다. 하지만 마침내 그녀를 끌어안은 채 등을 바닥에 대고 눕는다. 편안하지 않아 돌아눕고 싶다. 그러나 님프가 그렇게 못 하게 팔로 세게 그를 붙잡고 누른다. 그리고 그에게 키스한다. 파우누스도 조금씩 긴장이 풀리면서 키스에 응한다. 그녀를 끌어안는다. 그녀를 세게 누른다. 털이 난 힘센 다리로 그녀를 조인다. 바로 그때 온 힘을 다해 님프를 돌아눕게 만든다. 님프는 힘없이 바닥에 쓰러진다. 파우누스는 님프의 옷을 벗긴다.

꿈만 같았다. 하지만 꿈이 아니었다.

내가 그의 행동 방식을 좋아했다는 것을 인정한다. 힘센 모습, 권위 있는 모습…… 나는 무척 예민해졌고 항상 꿈꿔 왔던 낭만적인 순간을 다시 맛보려고 할 수 있는 일은 무엇이든 다 했다. 그의 힘센 팔 안에서, 염소의 발로 끝나는 털 많은 다리 사이에서 포로가 되었다고 느끼는 것이 좋았다. 포기하고 싶었다. 이미 사방에서 나를 감싸 오는 희미함에 나를 남겨 놓고 싶었다. 하지만 그럴 수 없었다.

그에게 안기려고 무진 애를 썼다. 하지만 갑자기 그가 경련을 일으키더니 내 손목을 꽉 붙잡았다. 강제로 내 머리 뒤로 팔을 올리게 했다. 아팠다.

"왜 안아 주지 않아요?"

혼란스러워져서 물었다.

대답이 없었다. 나는 너무나, 너무나 아팠다. 단지 팔 때문이 아니었다.

"제발, 좀 놓아 줘요."

들은 척도 하지 않았다. 그 순간 우리 둘이 너무나 다른, 거의 알지 못하는 두 사람이라는 느낌이 들었다.

"제발 좀 놓아 줘요." 다시 말했다. "아프단 말이에요."

내 말을 들어주려 하지 않았다. 나는 울음을 터뜨렸다.

그는 혼자서 모든 일을 결정하고, 나는 단지 복종만 하는 순종적인 사람이어야 하는 듯 행동했다. 왜? 왜 우리 둘 사이의 일을 함께 결정해야 한다는 사실을 받아들일 수 없었을까? 왜 내 감정에 반대되는 폭력을 썼을까? 단 한 순간도 눈물을 멈출 수 없었다.

님프와 파우누스는 옷을 벗은 채 바위틈 사이로 시냇물이 흘러가는 풀밭에 여전히 누워 있다. 구름 한 조각을 쳐다보고 있는 듯하다. 계속 햇빛이 내리비치고 산들바람이 나뭇가지를 흔든다. 매미는 단 1초도 쉬지 않고 맴맴 운다.

파우누스 좋았어?

님프는 대답할 수 없다. 조용히 눈물만 흘린다.

파우누스 좋았냐고?
님프 (애써 눈물을 삼키고 거짓말을 한다) 네.

갑자기 님프에게 궁금증이 몰려든다. 생각에 잠겼다가 파우누스 쪽으로 가볍게 몸을 돌린다. 그의 얼굴을 바라본다.

님프 당신도 같은 질문에 대답해 줄 거예요?

파우누스는 아무 말도 못 들은 듯 아무 반응도 보이지 않고 꼼짝하지 않는다.

님프 못 들은 척 말아요. 분명히 내 말을 들었어요.

파우누스 (반응을 보이는 척한다) 뭐라고?

님프 나에게 했던 것과 똑같은 질문을 하려고 해요.

파우누스 (계속 아무 말도 이해하지 못하는 척한다) 무슨
질문?

님프 좋았어요?

님프는 한참 동안 대답을 기다린다. 하지만 대답이 없다.
파우누스를 그만 바라보고 다시 눕는다.

님프 좋았다는 건 알겠어요. 그런데 좋았다고 말하
는 것이 왜 그렇게 어려운지 모르겠어요.

네레아가 한 일이 잘한 일인지 잘못한 일인지, 여러 번 생각해 봤다. 한 가지 분명한 건 우연은 아니었다는 것이다. 장소와 만날 때를 기다렸다. 오래지 않아 상황이 만들어졌다.

우리 둘은 이미 전에 그 이야기를 했고, 언제나 그랬듯이 의견이 달랐다.

"내 생일 파티를 망쳐 버렸어."

네레아는 계속 분개했다.

"아니야, 단지 나를 찾으러 왔던 거야."

"너는 내 생일 파티에 있었어. 내 손님이었어. 거기 있던 친구 중에 가장 초대하고 싶었던 친구가 너란 말이야. 가장 친한 내 친구니까."

"하지만 걔는 그저……."

"용서해 줘도 안 되고, 걔가 잘했다고 해도 안 돼. 하고 싶은 대로 다 한다면 못돼 먹은 돼지가 되는 거라는 걸 모르겠어? 모르겠냐고? 적어도 인식은 해야 하잖아!"

"알아. 하지만……."

"걔도 초대받았어. 사람이 초대받으면 두 가지 중에 선택할 수 있어. 갈지 말지 밀이야. 오지 않겠다고 한 건 정말 잘한 일이었어. 그런데 걔가 한 짓은 뭐라고 말로 할 수가 없단 말이야. 한 가지만 더 말할게. 정말로 중요한 건 내 파티를 망쳤다는 게 아니야. 정말 문제는 그놈의 머릿속에 든 썩어 빠진 이유들이야."

"그렇게 말하지 마."

"그리고 가장 걱정스러운 건 네가 그 사실을 모른다는 거야."

네레아는 나에게 대답할 틈조차 주지 않고, 따발총처럼 쏟아 놓았다. 무척 신랄하게 비판했다. 게다가 몇 가지 분명한 것을 제외하고는 내가 반박할 수 없는 말이었다.

"내가 걔를 사랑해. 나는 다른 에우헤니오를 알고 있어. 그건 아마도 나만……."

"그래, 이미 들어서 알아. 다시 말하지 마. 알았어. 이번에도 네 말을 믿을게." 네레아가 빈정거리는 말투로 바꿨다. 조롱이 섞인 것처럼 들렸다. "너는 사랑에 빠졌어. 맞아, 그것만이

유일한 설명이야. 그렇지 않다면 이해할 수 없으니까."

하굣길에 나는 에우헤니오를 찾으며 사방을 두리번거렸다.
항상 우리는 함께 갔다. 하지만 에우헤니오가 어디로 가 버렸
는지 보이지 않았다. 교실에는 아무도 없었다. 복도에도 없었
고, 교문 주변에도 없었다.

네레아가 알아차렸다. 네레아는 노엘라와 기예르모, 산티,
그리고 다른 친구 몇 명과 함께 있었다. 모두 네레아 생일 파티
에 있었다. 네레아와 친한 친구들이었다. 아니 우리와 친한 친
구들이었다.

"마리나." 나를 불렀다. "같이 갈래?"

"어…… 모르겠어." 계속 불안하게 주위를 둘러봤다.

"그만 찾아. 그 인간이 땅속으로 꺼져 버린 이 순간을 즐겨.
땅이 그 인간을 소화하지 못하는 게 아쉽지."

친구들이 웃었다. 모두 손짓으로 나를 불렀다. 나는 그들에
게 다가갔고 함께 걸었다. 아무도 생일 파티 이야기를 꺼내지
않아서 고마웠다.

학교에서 나와서 100m쯤 걸었을 때였다. 분명히 그의 목소
리를 들었다.

"마리나, 마리나!"

돌아보니 그가 인도를 따라 뛰어오고 있었다. 친구들 쪽을

가리키며 손짓했다. 자기가 나타났으니 그 친구들과 함께 가지 말라는 듯했다. 우리가 있는 곳에 도착하자 다른 친구들은 무시한 채 나에게 물었다.

"어디 가?"

무슨 일인지 전혀 이해하지 못하는 척 짐짓 이상하다는 듯 물었다.

나는 그를 바라보고 어깨를 으쓱했다.

"집에."

"왜 나 안 기다렸어?"

네레아와 다른 친구들이 있는 자리라서 불편해졌다. 친구들도 멈춰 서 바라봤다.

"기다렸어. 근데 어디에도 네가 안 보이길래……."

"더 기다렸어야지."

"그게…… 미안해. 나는……."

에우헤니오에게는 친구들이 보이지 않는 것 같았다. 친구들이 놀라서 계속 보고 있었는데도 말이다.

"가자."

"모두 같이 가자."

기예르모가 끼어들었다. 에우헤니오의 친구였다. 맞다. 가끔 둘이 함께 다니고 이야기를 나누었다. 그리고 에우헤니오가 누군가와 문제가 생기면 언제나 기예르모가 나서서 변호했다.

♡

내 예상대로 에우헤니오는 들은 척도 안 하고 나만 뚫어지게 바라봤다.

"가자."

피하고 싶었던 어떤 상황이 잘 차려진 음식상처럼 눈앞에 펼쳐질 때가 있다. 바로 그 순간이었다.

네레아가 끼어들어 에우헤니오를 향해 나아갔다. 참으려고 무척 노력하고 있었다. 화를 내지 않고 적절한 말을 찾으려고 말이다.

"나보고 가만히 있으라고는 못 하겠지. 네가 벌린 일이 있으니까."

에우헤니오는 피하려고 했지만, 네레아는 자세와 위치를 바꿔 가며 에우헤니오와 정면으로 마주치려고 했다.

"걱정하지 마. 너를 모욕하지는 않을 테니까. 하라면 온종일 그럴 수 있지만 말이야. 지금은 하고 싶지도 않아. 그래 봤자 아무 소용도 없고 우리 모두 숨만 막힐 거야. 내 최대의 관심사는 마리나에게 해독제를 찾아 주는 거니까."

에우헤니오는 쉽게 굴복하지 않을 것이다. 성격상 그럴 수 없다. 그는 다른 모든 사람보다 자신이 우월하다고 느껴야 한다. 그런데…….

그 문장을 다시 읽어 봤다. 맞다. 내가 그렇게 썼다. 그런데 그렇게 쓴 줄 모르고 있었다.

'그는 다른 사람들보다 자신이 우월하다고 느껴야 한다.'

내가 이렇게 썼다. 스스로 부정했지만, 내 안에 내면화된 어떤 것에 복종하고 있었다.

네레아가 수백 번도 더 이야기했다.

"그 인간은 모든 사람보다 자신이 우월하다고 느껴야 해. 잘난 체하고 거만하고. 하지만 많은 사람이 그렇게 생각하지 않는 걸 알아. 그래서 너에게 전념하는 거야."

"무슨 말인지 모르겠어."

"자기가 잘났다고 느끼려고 너를 못살게 구는 거라고."

"왜?"

"내가 심리학 공부를 마치면 아마 대답해 줄 수 있을 거야."

"가끔 너는 나를 데리고 심리학자 놀이를 하는 거 같아."

"마리나, 잘 생각해. 너를 두고 심리학 놀이를 할 생각 전혀 없어. 너 같은 친구를 옆에 두었다는 게 내 인생에서 가장 좋은 일이라고 생각해 왔어."

"나도 그래."

"단지 친구로서 이야기하는 거야. 어쩌면 네가 보지 못하는 것을 내가 볼 수도 있거든."

"그건 맞아. 하지만 내가 보는 것을 네가 못 볼 때도 있어."

처음으로 에우헤니오가 네레아를 마주 보고 선 것 같았다. 네레아를 뚫어지게 바라봤다. 눈에 분노의 빛이 역력했다.

"너는 조용히 해!"

"내가 잘하는 건 많은데 조용히 하는 건 못 하겠어."

"넌 네가 무척 똑똑한 줄 알지. 넘치게 똑똑하지. 하지만 나는 너같이 똑똑한 애들은 관심없다고."

"나도 너 같은 남성 우월주의자는 눈곱만치도 관심 없어."

"씨, 나는 내가 하고 싶은 대로 해. 너 따위 년이 뭔데……."

"뭐, 년? 그래, 그러는 에우헤니오 넌 뭐 대단한 새끼야?"

"그만해라!"

"아니, 대답해 봐."

"입 닥치라고!"

"아, 이제 알겠네." 네레아는 침착함을 잃지 않고 상황을 통제했다. "너는 남자냐 여자냐로 사람에게 역할을 부여할 수 있다고 믿지. 우리 여자들이 고분고분하고 순종적이고 복종적이라 너 같은 오만한 바보에게 붙어 있을 거라고 생각한다면 크게 잘못 생각한 거야."

"한마디만 더해라! 나 더 건드리면……."

"어쩔 건데? 나를 치기라도 하려고? 내 뺨이라도 후려치게? 다른 사람에게는 그렇게 할 수 있을지 몰라도……." 이 말을 할 때 네레아는 나를 바라보았다. "나한테는 안 되지."

"네까짓 게 뭔데! 뭐 얼마나 대단해서!"

"그 점에서는 우리가 생각이 같네."

"너는 내 인생에 끼어들 권리가 없어!"

"지난번에 네가 내 인생에 끼어든 것과 똑같은 권리로 끼어드는 거지."

에우헤니오는 네레아의 말을 이해하지 못했다. 당황스러워하다 설명을 구하는 듯 멍하니 나를 바라보았다.

"네레아 네 인생 따위를 내가 왜 신경 써. 흥미도 없고 관심도 없어." 말을 내뱉었다. "너 자체가 마음에 안 들어. 역겨워."

"지금 네가 한 말 꼭 지켜." 네레아가 침착하게 목소리를 깔았다. "내가 여는 파티에 다시는 나타나지 마. 알아들었어? 절대로! 너에게 나의 날을 망칠 권리도 없고, 내 파티장에 짐승처럼 들어올 권리도 없어."

"난 그냥 마리나를 데리러 갔을 뿐이야."

"그런 식으로 들어올 권리는 없다고!"

네레아가 다시 언성을 높였다.

"내 파티에서 아무도 데려갈 권리가 없단 말이야. 특히 마리나는 더욱! 왠지 알아? 너는 인간도 아니지만, 마리나는 나랑 제일 친한 친구고 앞으로도 그럴 거니까."

에우헤니오가 진땀을 흘렸다. 그 자리를 심하게 불편해했다. 그가 원하는 방식으로 대화를 이어 나갈 수 없었기 때문이다. 빠져나갈 길 없는 막다른 골목에 갇힌 듯 너무 흥분했다. 두 가지 선택밖에 없어 보였다. 네레아와 치고받고 싸우거나 — 나는 그를 잘 안다. 그리고 내가 하는 말의 뜻도 잘 안다. — 아니면 그의 방식대로 하는 것이다.

그는 내 팔을 힘껏 잡고 끌어당겼다.

"가자."

나는 따라가려고 했다. 그러나 그는 내 팔을 놓지 않고 너무 급하게 걸었다. 내가 끌려가는 것처럼 보였을 것이다.

모두 아무 말도 못 했다. 다들 머릿속에 무슨 말이든 떠올랐을 것이다. 수많은 말과 의견이 생각났을 것이다. 하지만 모두 아무 말도 못 했다. 네레아조차.

이제 그 순간에 느꼈던 것을 이야기해야 한다. 하지만 그럴 힘도, 의욕도 없다. 머리가 너무 복잡해서, 그 느낌을 분명히 하려고 하는 시도조차 너무 힘들다. 분명히 한다는 것은 그것을 이해한다는 것을 뜻하는데, 아직도 이해가 안 되는 일이다.

우리는 친구들에게서 멀어졌다. 같은 방향이었지만 돌아가는 길을 택했다. 친구들과 다시 마주치지 않으려면 그렇게 해야 했다.

"교문 앞에서 너를 찾고 있었어. 어디에 있던 거야?" 시간이 조금 지난 뒤에 에우헤니오에게 물었다. "안 보였어."

"나를 기다렸어야지!"

"기다렸어."

"나를 기다렸어야지!" 같은 말을 되풀이했다.

"너를 찾고 있었단 말이야."

"좀 더 오래 나를 기다렸어야지!"

"나한테 화내지 마."

우리는 한참을 빠르게 걸었다.

얼마 뒤, 그는 걸음을 늦췄다. 우리는 작은 광장에 서 있었다. 거리가 조금 넓어져서 정원처럼 꾸며 놓고, 서너 개의 나무 벤치를 둔 곳이었다. 우리는 벤치에 앉았다.

"괜찮아?"

"……."

"나한테 화난 거야?"

"……."

"네가 간 줄 알았어. 그래서 네레아와 다른 친구들과 함께 간 거야."

조금 뒤에 그는 멍하니 바닥을 바라보면서 이미 수도 없이 한 말을 반복했다.

"네레아가 싫어."

"하지만 나랑 제일 친한 친구인걸. 우리는 오래전부터 알아왔고 언제나 함께 지냈어."

"네레아를 증오해."

"어떻게 그런 말을 할 수 있어?"

"네 친구라서 증오해. 종일 너에게 충고할 수 있다고 생각해서 증오한다고. 네레아의 친구들이 네 친구인 것도 싫어."

"우리는 모두 다 알고 지내는 사이야. 너도 걔네 잘 알잖아. 기예르모도 있었어. 너 기예르모랑 친하지 않아? 둘이 함께 다니는 거 봤어. 네 친구 아니야? 왜 우리 모두 친구가 될 수 없는 거야?"

에우헤니오는 이성을 잃고 있었다. 그런 순간에 논리적으로 생각하도록 하는 일은 무척 어려웠다. 무슨 말을 해도 마찬가지였다. 뭔가 그의 내면에 자리 잡고 있어서 더 먼 곳을 바라보는 것을 막는 듯했다.

"네 친구들이 싫어." 그는 고집을 부렸다. "네가 그런 애들이랑 사귀는 게 싫다고."

"뭐라고?"

"너는 나와 사귀고 있어. 그러니까 너에게 이런 말을 할 수 있어. 네가 그런 친구들과 사귀는 게 싫다고. 그들을 잃는 게 낫겠어? 아니면 나를 잃는 게 낫겠어?"

네레아라면 그건 정말 협박이고 어떤 식으로든 받아들이면 안 된다고 했을 것이다.

"내가 너를 잃고 싶어 하지 않다는 걸 잘 알잖아."

그는 미소를 지었다. 그의 입술은 다시 한번 나를 사로잡았다. 그리고 수많은 것을 감추는 듯한 그의 신비로운 눈빛도 나를 사로잡았다. 그는 나에게 입을 맞추었다. 그와의 입맞춤은 나를 바닥에서 끌어 올려서 의심할 수 없는 곳으로 데려가는 달콤한 회오리바람 같았다.

입맞춤하면서 그가 속삭였다,

"네가 그런 애들이랑 사귀는 게 싫어."

"그러면 내가 어떻게 해야 하는데?"

그날 밤, 우리는 오랜 시간 왓츠앱으로 이야기를 나누었다. 나는 다시 질문했다. 나를 그토록 혼란스럽게 만든 그 질문을. 무엇보다 도대체 내가 뭘 어떻게 해야 하는지 알 수 없었다. 그리고 그 질문이 그가 바라는 것이었다. 아무리 노력해도 이해할 수 없었다.

마리나   그러면 내가 어떻게 해야 하는데?

에우헤니오   넌 어떻게 해야 할지 알아.

마리나   뭐가 뭔지 모르겠어.

에우헤니오   내 대답을 이미 잘 알잖아.

마리나   문제는 내가 그걸 이해할 수 없다는 거야.

93

에우헤니오 그래서?

마리나 왜 그러는지 이해하지 못하면서 뭔가를 한다는 건 어려운 일이야.

에우헤니오 인생에서는 이해하지 못하는 일이 많아.

마리나 그렇게 초월적인 태도 보이지 마.

에우헤니오 무슨 말이야?

마리나 나는 좀 더 구체적인 이야기를 하고 있어. 너와 나의 이야기.

에우헤니오 나도 마찬가지야.

마리나 그렇다면?

에우헤니오 무척 간단해. 네가 그런 애들이랑 사귀는 게 싫다고.

마리나 하지만 내 친구들이야. 언제나 친구들이 있어서 행복했어. 물론 모두 다 똑같지는 않지만.

에우헤니오 이해해. 하지만 너도 그런 애들이랑 사귀는 게 싫다는 내 말을 이해해야 해.

마리나 그러니까 그 말을 이해하지 못하겠다고.

에우헤니오 단순한 문장이야. 이상한 말 하나도 없어. 천 번이라도 더 말할 수 있어. 별로 기분 좋은 일은 아니지만.

마리나	나는 아무리 내가 좋아하지 않더라도 네 친구들을 존중할 거야.
에우헤니오	그럴 필요 전혀 없어. 네 마음에 들지 않으면 말해.
마리나	사실 누가 네 친구들인지 모르겠어. 너는 내 친구들을 다 알잖아. 어떤 친구들은 너무나 잘 알아. 학교 친구들이니까. 하지만 너는…….
에우헤니오	이런 이야기 피곤해.
마리나	지루하게 했다면 미안.
에우헤니오	지루하다고 하지 않았어. 피곤하다고 했지.
마리나	그러면 무슨 이야기를 할까?
에우헤니오	너는 우리가 이런 이야기만 해야 한다고 생각하는 거야?
마리나	우리에게 일어나는 일, 우리를 둘러싼 문제에 관해 이야기해야 한다고 생각해.
에우헤니오	우리 사귀고 있지?
마리나	왜 그런 말을 해?
에우헤니오	대답만 해.
마리나	그 질문도 도대체 무슨 뜻인지 모르겠어.
에우헤니오	자꾸 대답 안 할 거야?

마리나	무슨 놀이인지 모르겠어. 하지만 그렇다고 대답할게.
에우헤니오	너 내 애인이야?
마리나	응.
에우헤니오	그리고 계속 내 애인이고 싶어?
마리나	내가 널 사랑하는 거 알고 있잖아.
에우헤니오	그렇다면 나는 네 친구들이 싫어. 이 말을 이해하는 게 그렇게 어려워? 네가 그런 친구들과 사귀는 것을 내가 원하지 않는다고.

에우헤니오와 이야기하는 건 절망적이었다. 마치 거대한 바위에 계속 부딪히는 느낌이었다. 나는 부딪혀서 어지럽고 상처를 입었는데, 그는 꼼짝도 하지 않았다.

왓츠앱으로 대화할 때는 만나서 나누는 대화와는 때때로 다른 방식으로 표현된다. 눈으로 보지 않고 이야기하기 때문에 얼굴을 맞대고 말할 때보다 즉흥적으로 생각나는 것을 표현할 수 있었다. 하지만 내 친구들 이야기만 나오면 그는 완고했다.

내가 뭘 어떻게 해야 하는지 말해 주지 않았지만, 방법은 하나밖에 없었다. 나에게는 세상에서 가장 가슴 아픈 일이었다. 친구들에게 전화해서 우리의 우정을 끊기로 했다고, 그리고 지금부터 그들에 대해서 아무것도 알려고 하지 않을 것이라고 말하는 수밖에 없었다.

분명히 친구들은 이유를 물을 것이다. 그러면 나는 어떻게 해야 하지? 에우헤니오가 한 것처럼 똑같이? 아무리 생각해도 네레아와 그런 이야기를 한다는 건 불가능했다. 어떻게 말을 꺼낸단 말인가?

'네레아, 우리의 우정은 이제 끝이야.'

네레아는 말도 안 된다고 할 것이고 즉각 에우헤니오 때문이라고 할 것이다.

네레아와 에우헤니오가 상대를 끔찍이도 싫어하는 건 틀림없었다. 그건 이해할 수 있다. 그렇다면 둘이 서로 피하고 한마디도 주고받지 않으면 될 텐데. 하지만 그들 사이에 있고 싶지 않다. 지금 그러고 있는 느낌이지만, 그러고 싶지는 않다.

그렇다면 에우헤니오와 네레아 둘에게 똑같이 잘못이 있는 건가 생각했다. 그는 단지 내가 그런 친구들을 사귀는 게 싫다고만 말했다. 그건 그들과 관계를 끊으라는 뜻의 다른 표현에 불과했다. 모두와 관계를 끊으라는. 사실 네레아와만 관계를 끊으면 더 요구하지 않을 거라고 생각했다.

네레아도 자기주장만 내세우는 그런 애인과 관계를 끊으라고 말했다. 네레아는 에우헤니오가 바보 같고, 자기 힘만 휘두르려 하고, 거지같이 우쭐대기나 하고, 모든 것을 자기 마음대로 조종하려는 역겨운 남성 우월주의자이고, 혐오스러운 인간이라고 했다.

그러면 나는……. 분명한 건 내가 사랑에 빠졌다는 것밖에 없다. 미친 듯이? 그렇다. 미친 듯이 사랑에 빠졌다. 내 나이의 여자아이가, 그러니까 사춘기 소녀가(구역질 나는 단어다!) 사랑에 빠진 것이 무슨 범죄라도 된단 말인가? 그렇다면 반은 감옥에 처넣어야겠네. 반이라고? 모두를!

그게 문제였다. 내 생애 처음 느끼는 감정이었다. 모든 것이 새로웠다. 나를 혼란스럽게 하는 것들, 이해하지 못하는 것들은 아직도 내가 모르는 일련의 과정 중의 일부일 것이다.

에우헤니오	뭐해?
마리나	아무것도. 너랑 이야기하고 있잖아.
에우헤니오	어디 있어?
마리나	침대에, 늦은 시간이니까. 부모님도 조금 전에 잠자리에 드셨어. 휴대폰 소리를 들으실까 봐 무음으로 해 놨어. 벌써 잠이 드셨겠지만 말이야. 너는 뭐해?
에우헤니오	소파에 있어. 우리 부모님도 잠드셨어.
마리나	그런데 소파에 있어도 돼? 침대에 가라고 안 하셔?

에우헤니오 나에게 가라고 한다고? 나에게?

마리나 나한테는 그러시는데.

에우헤니오 사진 한 장 보내 줘.

마리나 무슨?

에우헤니오 사진 한 장 찍어서 보내라고.

마리나 불을 켤 수 없어서 어두워. 방문이 열려 있거든.

에우헤니오 문 닫아.

마리나 우리 집은 욕실 문만 빼고 방문을 안 닫아. 욕실도 항상 닫지 않아.

에우헤니오 그러면 욕실로 가. 거기에서 불을 켜고 사진을 찍어.

마리나 그런데 지금 내 모습 끔찍해. 머리는 헝클어지고, 파자마 차림에……

에우헤니오 벗으면 되잖아.

마리나 옷 입지 않은 사진을 너에게 보내라는 말이야?

에우헤니오 응.

마리나 벗고서?

에우헤니오 그렇게 사진 찍은 사람을 모른다고는 말하지 않겠지?

마리나	두 달 전에 우리 학교 여학생 탈의실에서 일어난 일은 모두가 다 알고 있지. 누군가가 샤워하는 사진을 찍어서 다른 사람들에게 보낸 사건. 그런 건 기억하고 싶지 않아!
에우헤니오	그런 사진을 찍었지만 아무 일도 일어나지 않은 경우도 알고 있지? 애인에게만 보냈으니까 아무 일도 일어나지 않았어.
마리나	난 그런 거 싫어.
에우헤니오	지금 네 모습을 보고 싶어. 네 생각을 안 할 수가 없어. 네가 내 옆에 있어서 껴안고, 입맞출 수 있다면 얼마나 좋을까.
마리나	안 돼, 그런 말 하지 마.
에우헤니오	왜 안 되는데? 내가 느끼는 걸 말한 건데.
마리나	정말로 그러고 싶어?
에우헤니오	무엇보다도.
마리나	하지만…… 우리 내일 만나자.
에우헤니오	지금.

나는 휴대폰을 들고 살금살금 발끝으로 걸어 욕실로 갔다. 문을 닫고 걸어 잠갔다. 그리고 불을 켰다. 부모님이 소리를 듣고 무슨 일이냐고 물으면 핑곗거리를 찾기 쉬웠다.

내 안에서, 침대에서 일어나지 말았어야 한다고 말하는 소리가 들렸다. 하지만 다른 한편으로 에우헤니오를 실망시키고 싶지 않았다.

실망시킨다고? 왜 그 단어를 썼지? 적절한 단어는 아닌 것 같다. 하지만 다른 말을 생각하고 싶지 않다.

거울 속의 나를 바라봤다. 정말로 끔찍했다. 졸린 얼굴을 감출 수 없었다. 그리고 내 머리카락은…… 완전 엉망이었다. 휴대폰의 카메라를 켜고 거울을 찍었다. 그 안에 내가 전부 보였다.

마리나　　내가 말했잖아. 끔찍한 모습이야.

에우헤니오　　내 눈에는 그렇게 보이지 않아.

마리나　　하지만 정말 그래.

에우헤니오　　이제 옷 입지 않고 한 장.

마리나　　그런 말 하지 마.

에우헤니오　　옷 입지 않은 사진 한 장만.

마리나　　제발.

에우헤니오　　옷 입지 않은 사진 한 장.

몇 번이나 안 된다고 말했는지 모르겠다. 옳지 않은 일인 것 같고, 무엇보다 다른 아이들이 그렇게 해도 나는 싫다고 설

명했다. 하지만 또다시 수없이 부딪힌 벽을 만난 것 같았다. 이
성이라는 것이 가능하지 않았다.

다시 한번 내가 그의 애인이며 그의 애인이 되고 싶다고 생
각했다. 나는 미친 듯이 사랑에 빠졌다. 미친 듯이. 미친 정신.
내가 그의 바람을 이해하고 그가 요구하는 것을 들어주는 것
이 정상일 것이다. 그것이 사랑이었나?

난 네 친구들이 마음에 안 들어.

네가 옷 입지 않고 찍은 사진 한 장이 보고 싶어.

거울 속의 나를 바라보며, 파자마 윗도리 단추를 풀고 조금
씩 열었다. 손이 떨렸다는 것을 고백한다. 가슴이 드러나자, 휴
대폰의 카메라를 들고 셔터를 눌렀다. 빛이 번쩍이지 않도록
플래시는 꺼 뒀다.

사진은 세상에서 가장 끔찍한 모습이었다. 잘 나오지도 않
았다. 내 인생에서 그토록 못생겨 보였던 건 처음이었다. 표정
에는 내가 겪고 있던 그 모든 혼란이 고스란히 묻어 있었다.
내 눈은 애써 카메라의 초점을 바라보는 듯했지만, 초점이 없
었다. 멍하니 안개 속을 바라보는 듯했다. 웃어 보이려는 얼굴
은 극도로 긴장하고 예민해져서 입가가 일그러졌고, 그 모습은
얼굴 전체에 깊게 스며들었다.

한참 동안 그 사진을 바라봤다. 파자마를 열어젖힌 내 상
반신이 보였다. 떨고 있는 모습을 쉽게 알아볼 수 있었다. 좀

더 잘 나오게 사진을 다시 찍어 볼 수도 있었다. 자세와 몸짓을 연습해 보고 웃어 볼 수도 있었다. 하지만 그럴 수 없었다. 에우헤니오가 무릎을 꿇고 사정한다고 해도 그렇게 할 수 없을 것 같았다.

사진 속의 내가 거울 밖의 나를 봤다. 내 모습에 깜짝 놀랐다. 삭제 버튼을 누를 수도 있었다. 쉬운 일이었다. 쓰레기통 모양의 아이콘을 누르기만 하면 되는 일이었다. 그럼 끝이다. 하지만 그렇게 하지 않았다. 반대로 다른 아이콘을 눌렀다. 두 개의 작은 직선에 세 개의 점이 있었다.

공유

에우헤니오

사진 보내기

그가 내 의견을 무시한 채 계속 고집을 부리지 않기만을 바랐다. 내가 얼마나 불편할지, 얼마나 초조할지, 두렵기까지 한 내 마음을 조금은 알아주기를 바랐다. 그 사진은 그날 밤 내가 옆에 있는 듯 꿈꾸면서 잠을 자기 위해서만 필요한 거라고 생각했다. 사랑에 빠진 사람들은 다른 건 바라지 않는다.

에우헤니오　고마워.

마리나　끔찍해.

에우헤니오　그렇지 않아.

마리나	곧바로 지워 버렸으면 좋겠어.
에우헤니오	괜찮아.
마리나	기분이 많이 안 좋아.
에우헤니오	왜?
마리나	사진 찍어서 너에게 보낸 것 때문에. 나보고 바보라고 할 거지?
에우헤니오	바보 아니야.
마리나	나 자러 간다.
에우헤니오	이제 파자마 입지 않은 전신사진 하나만 보고 싶어.
마리나	더는 찍지 않을 거야. 제발, 나를 이해해 줘.
에우헤니오	딱 한 장만.
마리나	안 돼.
에우헤니오	마지막이야.

휴대폰을 끄면서 나도 나에게 놀랐다. 긴장감을 견딜 수 없었다. 변기를 사용하지 않았지만 물을 내렸다. 그리고 내 방으로 돌아왔다. 침대로 들어가서 잠을 청했다. 너무 떨려서 잠이 들지 않았다. 힘껏 베개를 끌어안았다.

창밖에서 들어오는 희미한 불빛으로 작은 탁자를 바라봤다. 그리고 그 위에 내 휴대폰이 꺼진 채 있을 거라고 상상했다. 분명히 에우헤니오가 왓츠앱을 보냈을 것이다. 울고 싶었다. 참을 수 없었다. 부모님을 깨우지 않기 위해 숨죽여 울어야 했다.

어제 몇 시에 잠이 들었는지 기억이 나지 않았다. 하지만 아침에 눈을 뜨자마자, 에우헤니오와 다시 만날 순간을 생각하지 않을 수 없었다. 내가 보낸 사진을 생각한 것이 아니라, 사진을 더 찍어 보내지 않겠다고 말한 것을 생각했다. 특히 휴대폰을 끄고 갑자기 대화를 중단하기로 한 내 결정에 대해 생각했다.

우리는 길모퉁이에서 서로 기다렸다가 학교에 같이 가는 날이 많았다. 특별히 약속하는 건 아니었다. 기다려서 함께 가는 날도 있고 그렇지 않은 날도 있었다. 그날은 에우헤니오가 기다리고 있을 거라고 생각했다. 시계를 보니, 일렀다. 잠시 기다리기로 했다. 하지만 몇 분이 지나도 오지 않았다. 더 기다리다가는 정신 나간 인간처럼 보일 뿐만 아니라 1교시 수업에 늦게 될 지경이었다.

학교에서, 우리는 쉬는 시간까지 이야기를 나눌 수 없었다. 종일 무관심한 척하면서 나를 무시했기 때문이다. 에우헤니오를 따라 운동장까지 찾아 나가야 했다.

"어젯밤 일 때문에 그래?"

"무슨 말이야?"

에우헤니오는 무슨 말인지 못 알아듣는 척 이런 식으로 대답을 잘했다.

"내가 휴대폰을 꺼 버려서."

"그럴만한 이유가 있었겠지."

"그랬어."

"맞아. 우리 모두에게 일어나는 일이지."

그의 태도로 보아서 에우헤니오는 그 일은 생각하지 않기로 한 듯 보였다. 그래서 그 이야기가 계속된다는 것으로도 불편해했다. 이미 익숙해졌지만, 그런 반응을 이해할 수 없었다.

"나는 정말로 네가 요구한 그 사진을 찍을 수 없었어. 이해하겠어?"

"이해해."

"화났어?"

"왜?"

"나한테 화났냐고?"

"아니."

"뭔가 불편해. 나에게 화가 나지 않았으면 좋겠어."

"네가 하기에 달렸어."

"그랬으면 좋겠어. 정말이야. 내가 가장 걱정하는 거야. 무엇보다 우리가, 너와 내가 잘 지냈으면 좋겠어."

에우헤니오는 계속해서 건성으로 듣고 있었다. 누군가를 찾는 듯이, 아니면 뭔가를 살펴보는 것처럼 이쪽저쪽을 바라봤다.

"두려워."

"두렵다고?"

내 말에 큰 관심을 보이는 것 같았다.

"오늘 아침에 눈을 뜨자마자 두려움을 느꼈어."

"뭣 때문에?"

"말했잖아. 네가 나에게 화가 났을까 봐 두려웠어. 피할 수가 없어. 나는 그래. 어쩌면 그렇게까지 걱정하지 않아도 될 텐데."

"내가 왜 화가 나 있어야 하는데?"

"어제 우리가 이야기하는 중에 내가 휴대폰을 꺼 버려서. 네가 해 달라고 한 걸 내가 할 수 없어서……."

"상관없어."

"진심이야?"

"응."

"그 말을 믿을게."

마음이 놓였다.

에우헤니오는 처음으로 가볍게 미소를 지었다. 그러나 억지로 웃어 보이는 무감각한 미소였다. 그렇더라도 그 입술의 움직임에 감사했다. 나에게는 너무나 많은 것을 의미하는 입술이었다. 앞으로 남은 나의 인생 내내 나에게 입을 맞춰 줄 입술이었다. 초자연적인 상태로 나를 데려다줄 입술이었다.

"너도 두려웠어?"

나는 곧바로 그에게 물었다.

"뭣 때문에?"

"내가 너한테 화가 나 있을까 봐."

"아니."

그는 분명하게 대답했다.

물어본 것을 후회했다. 우리 둘 사이에 침묵이 흘렀다. 눈을 맞추려고 했지만, 그의 눈길을 잡을 수 없었다. 그는 정처 없는 방랑자처럼 계속 멍하게 있었다.

갑자기 내 손을 잡고 운동장 옆 쪽문으로 데리고 갔다. 그곳에 그늘진 곳이 있었다. 우리는 바닥에 앉았다.

"우리 사이에 아무것도 변한 건 없어." 마침내 에우헤니오가 나, 마리나가 앞에 있다는 사실을 알아차린 것 같았다.

"그렇게 말해 주니 행복해."

"이게 내 마음을 증명하는 거지."

"무슨 증명?"

무척 감동했지만, 에우헤니오의 새로운 미소를 알아차리지 못한 건 아니었다. 그의 얼굴 가득 퍼진 냉소와 무례함이 담긴 미소 말이다.

"나는 네 친구들이 마음에 안 들어." 무척 천천히 말했다. "그런데도 우리 사이에 바뀐 것이 하나도 없잖아? 어떻게 더 내 마음을 더 증명해?"

가슴이 아팠다. 틀림없었다. 우리 사이에 바뀐 것은 아무것도 없었다. 그래서 내가 만족스러워야 했을까? 그의 당당함은 한편으로는 기뻤지만 다른 한편으로는 엄청나게 실망스럽기도 했다.

"나는 언제나 네 말을 듣고, 또 네가 바라는 대로 하고 있어." 나는 고통스럽게 한탄했다. "나한테 뭐라고들 하는데 나는 그 생각도 안 하려고 해. 정확히는 내가 안 좋게 변했대. 네……." 네레아의 이름을 차마 말하지 못했다. "내 친구들이."

"그 말이 맞는다고 생각해?"

"나는 조금 혼란스러워. 한 가지 사실만은 분명해. 내가 너를 사랑한다는 거. 무엇보다 네가 중요해. 내가 사랑을 하기에는 어릴지도 모르지만 너를 사랑해. 너는? 너도 똑같이 나를 사랑해?"

그는 대답하지 않고 화제를 다른 곳으로 돌린다. 그렇다고 해서 나를 사랑하지 않는다는 뜻은 아니었다. 나는 잘 알고 있다. 그는 그런 사람이다. 자신의 궁금증을 해결할 순간을 잘 포착한다. 하지만 그것뿐이다. 그다음은 없다.

수업 시작 종소리가 울렸다. 우리는 일어나서 교실이 있는 건물 쪽으로 향했다.

"네가 나를 완전히 믿어 줬으면 좋겠어." 내가 말했다. "내가 그 사실을 계속 증명해 줘야 하는 것 같아."

"무슨 증명?"

"너는 내 컴퓨터와 태블릿의 모든 비밀번호를 알잖아. 네가 보고 싶은 걸 다 볼 수 있고, 내 채팅방에도 들어갈 수 있고, SNS에도 다 들어갈 수 있어. 나는 너에게 비밀이 없어. 내가 주고받는 메일도 모두 다 보잖아."

"다른 이름으로 새 계정을 만들었을 수도 있잖아." 나를 보지도 않은 채, 고개도 한 번 움직이지 않은 채 말했다.

"정말 그렇게 생각해?" 나는 돌처럼 굳어 버렸다.

"네가 그랬다고 말하는 건 아니야."

때때로 무슨 이야기를 하고 있다가, 그가 말을 하고 나면 울고 싶어질 때가 있다. 우리가 이미 현관에 들어가고 있었기에 울 수는 없었다. 하지만 거기에서 끝나지 않았다. 복도를 걸어가다가 그가 갑자기 물었다. 특유의 냉랭함이 느껴졌다.

"그런데 휴대폰은?"

"무슨 말이야?"

"네 휴대폰 비번은 모르잖아. 네 왓츠앱이나 네 사진들은 내가 보지 않아."

"곤란한 사진은 어제 그 사진 한 장밖에 없어. 어젯밤에 너한테 보낸 사진."

우리는 교실 문 앞까지 왔다. 언제나 그랬듯 모두 들어가려고 줄 서 있었다. 이제 대화가 끊어질 순간이었다.

"그 사진 다른 사람에게도 보냈어?"

그가 자리로 가기 전에 물었다.

나는 굳어 버렸다. 하지만 친구들에게 떠밀려서 앞으로 나아갈 수밖에 없었다. 어떻게 저런 질문을 할 수가 있지? 에우헤니오가 농담할 인간은 아니었다. 그는 농담할 줄 몰랐다. 진지하게 말한 것이다. 만일 그렇다면 도대체 머릿속에 뭐가 든 거지?

거지 같은 것들. 그랬다. 내 머릿속에 떠오른 생각이었다. 거지 같은 것들.

선생님 설명에 집중할 수 없었다. 디지털 칠판에 파워포인트에 관해 설명한 그 수업 시간을 통째로 그렇게 날려 버렸다. 한 시간 내내 공책에 낙서했다.

거지 같은 것들, 거지 같은 것들, 거지 같은 것들……

에우헤니오, 에우헤니오, 에우헤니오……

마리나와 에우헤니오. 둘의 이름이 들어간 하트를 그리면서 끝났다.

수업이 끝나고 에우헤니오의 뒤를 따라 교실을 나왔다. 그는 급하게 현관 쪽으로 걸어가서 학교 정문을 나가 길을 건넜다. 거기서 나를 기다릴 것이라고 생각했다. 오래 기다리지 않게 하려고 걸음을 재촉했다.

하지만 내가 도착했을 때 그는 없었다. 무척 불안했다. 나는 꼼짝 못 하고 그 자리에 멈췄다. 그가 다시 돌아오거나 아니면 갑자기 나무 뒤에서 튀어나오지 않을까 기대하면서 말이다. 그런 장난을 친 적은 한 번도 없지만 이번에는 그러지 않을까 기대하면서 말이다. 무슨 생각을 해야 할지, 어떻게 해야 할지 알 수 없었다.

그때 네레아가 나타났다. 언제나처럼 임마와 노엘라, 기예르모, 그리고 몇몇 친구와 함께였다. 내 말을 기다리는 듯 네레아는 끈질기게 나를 바라봤다. 하지만 내가 입을 열 기미를 보이지 않자 먼저 물었다.

"너 조각상이 될 때까지 이러고 여기에 있을 거야?"

"아니, 가려고."

"우리랑 같이 갈래? 아니면 혼자 가는 게 낫겠어?"

빈정거림 반, 농담 반이었다. 네레아는 그 두 가지를 섞는 데 도사였다.

에우헤니오가 나를 괴롭혔던 말이 생각났다.

네가 그 친구들과 사귀는 게 싫어.

나는 친구들과 함께 걸었다. 어떻게 친구들과 함께 가지 않을 수가 있겠는가? 도대체 어떤 머릿속에 그따위가 들어갈 수 있을까?

모두 같은 방향으로 갔다. 무척 불편했다. 에우헤니오는 없었지만 멀리서 쌍안경을 쓰고 나를 감시하듯 바라볼지도 모른다는 느낌이 들었다. 건물들을 바라보며 창문 사이로, 거리 사이로 그의 모습을 찾았다. 지나가는 자동차를 바라보고 우리 앞을 지나가는 버스의 창문을 바라봤다. 그 순간 하늘로 올라가는 비행기를 바라보면서 높은 곳에서 나를 관찰하는 그의 모습을 상상하기까지 했다. 현관에서 나올 수도 있었다. 나무에서 내려올 수도 있었다. 쓰레기 컨테이너에서 뛰어내려 내 앞에 설 수도 있었다.

그가 나타날까 봐 두려웠다. 네레아와 에우헤니오는 보는 순간 바로 다투기 시작할 것이다. 하지만 또 한편 나는 그가 나타나기를 원했다는 것을 고백한다. 그랬다. 그가 나타나기를 원했다. 반드시 일어나고야 말 그 다툼과 언쟁과 외침과 지루

한 모욕의 말을 듣고 싶었다. 그가 나타나지 않는 것, 버림받은 느낌, 침묵, 무관심 이런 것들이 최악이었다. 내가 그를 사랑한 것처럼 그가 나를 좋아한다면, 사랑한다면, 친구들 앞에 나타나서 다시 한번 네레아에게 맞서기를 원했다. 그의 사랑을 나에게 증명해 보일 더 좋은 방법이 또 있을까?

얼마 뒤, 친구들 사이에서 에우헤니오와 내 이야기가 들려왔다. 내 이름을 말하지 않으려고 애를 썼지만 못 알아들을 수가 없었다. 어떻게 대화가 시작되었는지는 모르겠다. 기예르모가 먼저 말한 것 같다. 둘이 함께 있는 것을 본 적은 거의 없지만 기예르모는 에우헤니오와 가장 친한 친구 중 하나였다.

내 친구들과 함께 걸어가면서 내 애인의 이야기, 그리고 내 이야기를 듣는 것은 당혹스러운 일이었다. 내가 함께 있었지만 친구들은 눈 하나 깜빡하지 않았다. 틀림없이 다른 때처럼 막연히 그에 관한 이야기를 한 것이 아니라 그의 태도와 행동에 관해 이야기했다.

모두의 의견이 일치하지는 않았다. 네레아조차 흥분하지 않고 이야기했다. 친구들의 이야기에 너무 놀라서 입을 다물 수 없었다. 기예르모가 가장 많은 이야기를 했다. 기예르모는 에우헤니오가 사실은 좋은 친구라고 확신했다.

"'사실은'이라는 말이 얼마나 웃겨?" 네레아가 뭐라고 했다. "속이 빈말이야. 사실 잭 더 리퍼(1888년 8월 7일부터 11월 10일까지

석 달 동안 영국 런던의 화이트채플 지역에서 다섯 명이 넘는 매춘부를 극도로 잔인한 방식으로 잇따라 살해한 연쇄 살인범—역자 주)도 좋은 친구였지. 그리고 프레디 크루거(공포영화 〈나이트메어〉 시리즈의 주인공. 엘름가에서 10대 청소년 등을 연쇄 살해한 가상 인물—역자 주)도 역시.”

“너도 더하면 더했지 덜하지 않았어. 에우헤니오에게 심하게 굴었잖아.” 기예르모가 말했다.

“내가 그랬다면 나도 모르게 그랬을 거야. 마리나가 바보처럼 자기를 존중해 주지도 않고 못되게 구는 인간에게 모든 것을 바치려고 하니까.”

이 말을 하면서 네레아는 나를 뚫어지게 바라봤다.

다른 친구가 그런 말을 했다면 즉시 펄쩍 뛰었을 것이다. 하지만 네레아에게는 그럴 수가 없었다. 네레아도 그 사실을 알고 마음대로 하는 것 같았다. 따질 수도 없었고 아무 말도 할 수 없었다. 그저 옆에서 조용히 걸었다.

“나도 네가 에우헤니오에게 좀 심했다고 생각해.” 그때까지 입 다물고 있던 노엘라가 말했다. “사실은⋯⋯.”

“너도 또 그 말이야?” 네레아가 말을 막았다.

“사실은 에우헤니오가 마리나를 생각해서 그렇게 행동하는 거라고 말하고 싶었어. 왜냐하면 뭔가 감정을 느끼고 좋아하고⋯⋯ 그건 분명하니까. 무관심하다면 훨씬 더 나쁠 거야. 나에게 심하게 하는 건 둘째 치고 그런 애인이라도 있었으면 좋겠다."

네레아는 씩씩대며 고개를 저었다. 그 말에 동의하지 않는 다는 표현이었다. 나는 노엘라를 바라봤다. 내 얼굴에 약간의 안도의 빛이 드리운 것 같았다. 마침내 이 상황을 다른 방식으로 판단하는 친구를 만났기 때문이다.

"에우헤니오는 무척 독특하지. 그건 맞는 말이야." 기예르모가 말했다. "모든 면에서 생각이 너무 분명해서 놀라워. 삶을 복잡하게 만들지 않아. 아무것도 문제 삼지 않지. 이건 그래. 끝. 왜 그런데? 라고 물으면, 내가 그렇다고 말하니까. 끝. 그러니까, 뭐라고 해야 할까? 아무튼 무척 독특해."

"무척 독특하다. 그래, 맞는 말이야." 네레아가 빈정대는 투로 말했다. "기예르모, 오늘은 별로 똑똑해 보이지 않아. 무척 독특해 보여."

"내 말은……."

"시골에 계신 우리 할아버지도 에우헤니오처럼 행동하진 않으실 거야. 물론 기예르모가 기말 수학 시험에서 낙제했다는 것만큼 분명하지는 않지만. 여자를 자기 생각대로 끌고 가려는 게 잘못되었다는 거야. 우리가 아무리 어리다고 해도 여자인 나는 거기에 동의할 수 없어. 적어도 나는 그렇게 생각해. 나랑 가장 친한 친구가 그런 식으로 생각하지 않는다는 것이 절망스러울 뿐이야."

모두 나를 바라봤던 것 같다. 하지만 나는 못 들은 것처럼 계속 걸었다.

네레아는 내가 자기 말을 귀담아듣지 않는다고 생각한다. 아니, 그렇지 않다. 네레아의 말은 언제나 내 머릿속에서 맴돈다. 너무 많이 생각해서 멀미가 날 지경이다. 하지만 네레아는 내 말을 귀담아듣지 않는 것 같다. 어쩌면 내 말을 이해하지 못할 수도 있다. 그 모든 것을 넘어서 무언가 있다는 말을 수천 번 반복했다. 그것이 바로 사랑이라고.

파우누스는 아주 부드럽게 님프의 팔을 잡고 가볍게 일으
킨다. 얼마나 힘이 센지 확실히 보인다. 그녀는 그의 몸에 안긴
다. 끌려가면서 행복하다. 파우누스는 몇 분 전 함께 누워 있
던 들판을 건너간다. 거침없이 앞으로 나아간다. 개울을 건넌
다. 염소의 발굽과 다리가 물에 젖는다. 하지만 얼굴색 하나 변
하지 않는다.

파우누스　눈을 감아.

님프　당신만 바라보고 싶어요.

님프는 파우누스의 목을 끌어안고 격렬하게 고개를 든다.

그의 입술을 찾기 위해서. 자기 입술로 그의 입술을 덮기 위해서. 그는 자세를 흐트러뜨리지 않는다. 태도에도 변함이 없다. 강력하고 힘차게 가던 길을 계속 갈 뿐이다.

파우누스   눈을 감아.

님프   당신과 함께 있으면 마음이 든든해요. 무조건 당신을 믿어요. 어디로 데려가든 상관없어요. 저는 행복해요.

님프는 눈을 감는다.

님프   정말 특별하고 기분 좋은 느낌이에요! 눈을 감고 당신에게 나를 맡기고, 나를 잡아 주는 당신의 힘센 팔과 발걸음의 리듬을 느끼고, 당신의 가슴에서 울려 퍼지는 심장 소리를 듣고, 천천히 폐로 들어가고 나오는 숨을 느낄 수 있다니…….

파우누스는 계속 걷는다. 아무것도 그를 멈추게 할 수 없고 그의 길에서 벗어나게 할 수 없을 것 같다. 그토록 한가로운 풍경의 찬란한 빛은 조금씩 약해진다. 하늘은 이제 파랗지 않고 들판도 초록빛이 아니다. 강물은 다시 어두워진 것 같다. 커다란 침묵이 흐른다. 이제는 새들도 노래 부르지 않고 끈덕지게 울던 매미 소리도, 나뭇가지 사이로 불어오는 바람 소리도 들리지 않는다.

파우누스   눈을 뜨지 마.

님프   (뭔가 이상한 느낌을 알아차린 듯 초조한 기색을 드러낸다) 무슨 일이에요?

파우누스   아무 일도 아니야.

님프   왜 새들의 노랫소리와 물이 흐르는 소리가 들리지 않나요? 왜 이제 더 내 얼굴에 태양 빛이 느껴지지 않나요?

놀랍게도 낯선 밤이 모든 것을 집어삼킨다. 이제 그 어떤 색깔의 느낌도, 형태를 만들어 내는 멋진 선도, 사물의 부피도 없다.

님프   (두려움에 떨면서) 무슨 일이 일어나고 있어요. 알아요. 느낄 수 있어요.

파우누스   아직은 눈을 뜨지 마. 모든 것은 통제되고 있어.

님프   통제된다고요? 왜 그런 말을 써요? 싫어요.

파우누스　왜 싫어?

님프　많은 사람이 그 말에 관해 이야기해 줬어요.

파우누스는 네모난 방 한가운데서 멈춘다. 창문 하나 없이 매끄러운 검은 벽으로 둘러싸인 완벽한 네모 상자다. 꺼져 가는 회색빛이 산만하다. 어디에서 나오는 빛인지 알 수 없다. 님프를 들어 올렸던 막강한 힘으로 그녀를 바닥에 내려놓고 그녀에게서 떨어진다.

님프　이제 눈을 떠도 돼요?

파우누스　아직.

님프　(허공을 더듬는다) 어디 있어요? 왜 내 옆에서 멀어졌어요?

파우누스는 님프에게서 멀어져 간다. 검은 방 한쪽 구석에 서 있다.

파우누스　이제 눈을 떠.

파우누스는 신비롭게 사라진다. 님프는 눈을 뜬다. 꽉 막힌 그 공간을 알아보는 순간 놀라 소스라친다.

님프   (소리치면서) 어디 있어요? 어디에 숨었어요? 제발. 나를 여기 혼자 내버려 두지 말아요! 이 곳은 무서워요! 너무 무서워요!

님프는 이쪽저쪽 뛰어다닌다. 벽을 두드리고 밀어 본다. 계속해서 세차게 벽을 두드린다. 절망에 가득 차서 출구를 찾는다. 지쳐서 방 한가운데에 애원하는 자세로 무릎을 꿇는다.

님프   들판으로, 개울가로, 나무들 옆으로, 태양 빛이 있는 곳으로 돌아가요! 이런 곳에서 살 수 없어요. 죽을 것 같아요. 맞아요. 저는 님프예요. 님프들은 바보라고 엄마가 말씀하셨어요. 상관없어요. 나는 바보 님프예요. 하지만, 제발 여기서 좀 꺼내 줘요.

일어난다. 하지만 이제 힘이 없다. 앞을 응시한다. 그러고 나서 다시 한번 주위를 둘러본다. 하지만 이제 아무것도 바라지 않는다. 운명에 모든 것을 맡긴 듯.

님프   울고 싶지 않아요. 운다고 해서 고통이 줄어드는 것이 아니라, 우는 건 단지 도피라는 걸

알게 되었어요. 당신이 아닌 그 어떤 곳으로
도 도피하고 싶지 않아요. 당신으로 인해 어
떤 일이라도 할 수 있어요. 나를 믿어야 해요.
이런 고백한 적 한 번도 없었어요. 당신을 향
한 나의 사랑이 어디까지 이를 수 있는지 확
인할 수 있을 거예요.

온 오프 상태에서 목소리가 들려온다. 님프는 그 소리가 어
디에서 나오는지 알 수 없어 당황하면서 사방을 둘러본다.

네레아 목소리 너를 위해서 뭔가를 시작해 봐.

님프 누구지? 누가 나에게 말하고 있지?

네레아 목소리 나를 모르겠어?

님프 너, 네레아 맞지? 너라면 도와줄 수 있을
거야.

네레아 목소리 오래전부터 너를 도와주려고 했어. 하지만
항상 실패했어.

님프 여기서 나가게 좀 도와줘.

네레아 목소리 거기에서는 네 힘으로만 나올 수 있어.

님프 어떻게?

네레아 목소리 눈을 떠 봐.

님프   이미 눈을 떴어.

네레아 목소리 네가 틀렸어. 오래전부터 너는 눈 뜨는 걸
            거부해 왔어.

내 사랑을 반대합니다   now

13장

관계를 끊기 위해 가장 일상적으로 사용되는 방법이라는 것을 알고 있었다. 내 친구 중에도 그런 경우가 있었고 또 수많은 다른 사람의 이야기도 들었다. 이런 면에 있어서 나는 좀 구닥다리다. 나도 안다. 언젠가 이런 이야기를 부모님과 나눈 적이 있다.

"그러니까, 내가 다시 정리해 볼게." 아빠가 논리적으로 설명하려고 했다. "누군가가 다른 사람과 관계를 끊기로 했을 때 '아무개 씨. 오늘 5시 20분부터 우리는 끝입니다.'라고 써서 왓츠앱으로 보내면 된다는 말이지."

"무슨 말을 더 바라니." 엄마가 끼어들었다. "내 생각에는 뭐 그렇게 나쁘지 않은 거 같은데. 그 이상의 말도 과분한 인간들이 있지. 구질구질하게 뭐 하러 변명을 늘어놓겠어? 대부분 '꺼져'라고 써서 보내면 충분할 텐데."

그렇다. 나는 이런 면에 있어서 좀 구닥다리다. 서로 삶과 꿈과 희망을 함께 나누다가 어떻게 휴대폰 화면에 한두 마디 말을 날려서 관계를 끊을 수 있을까? 그게 편하기 때문이라고 말하는 사람들도 봤다. 비겁하다고 생각한다. 그 사람의 눈을 똑바로 바라보고 자신의 목소리로 솔직하게 말할 자신이 없어서 그런 거니까.

법정 영화에서 변호사나 검사들이 항상 사용하는 고의성, 계획성, 야간 실행이라는 단어가 생각난다. 그런 최악의 상황은 언제나 왓츠앱을 통한 관계의 단절에서 비롯된다. 심사숙고한 뒤에 고의로 계획을 세우고, 휴대폰 화면 뒤에 숨어 배신한다. 그리고 그것을 실행하는 사람은 심하게 들릴지 모르지만, 배신자다. 그러면 야간 실행은? 야간 실행이 비겁함과 같은 말이라고 생각한다. 밤이라는 어두운 망토 안에 숨는 것이 비겁함이 아니겠는가?

평상시 아침과 똑같이 방문을 두드리는 소리를 듣고 눈을 떴다.

"마리나, 일어나야지. 일어날 시간이야."

언제나 아빠가 자명종 노릇을 했다.

나는 침대에서 몸을 일으켜서 기지개를 켰다. 갑자기 내 휴대폰에서 깜빡이는 파란빛이 눈에 들어왔다. 휴대폰은 언제나처럼 침대 옆 작은 탁자에 놓여 있었다. 내가 열어 보지 않은 왓츠앱이 있다는 신호였다. 어제 잠이 들기 전에 메시지를 모두 다 읽었다. 그러니까 누군가가 내가 잠이 든 다음에, 아니면 이른 시간에 메시지를 보낸 것이다.

침대에서 나오지 않은 채 팔을 뻗어 휴대폰을 집었다. 예상대로 새로운 왓츠앱 메시지가 있었고 에우헤니오가 보낸 것이었다. 놀랍기도 하고 떨렸다. 메시지를 처음 읽고는 무슨 말인지 이해하지 못했다. 다시 말하면 문장 전체, 그리고 각각의 단어는 이해했지만 무슨 뜻인지 알 수 없었다.

다시 읽었다. 무척 분명했다. 하지만 손에 든 휴대폰을 코앞에 놓고 거기에 쓰여 있는 말을 이해한다는 건 불가능했다. 새벽 1시 5분에 보낸 메시지였다. 내가 잠든 시간이었다. 에우헤니오는 어젯밤에 무얼 했던 것일까? 내 앞에 있는 말이 무슨 뜻인지 이해할 수 없었다.

세 번째로 읽었다.

에우헤니오　우리 그만 만났으면 좋겠어.

단어 수를 세어 보니, 네 개였다. 너무 간결해서 모호하게 느껴졌다. 정말로 무슨 말을 하고 싶었던 것일까? 우리의 관계를 그만두자는 말인가? 그거였나? 그만 만나자는 말이 그만두자는 말인가? 누구든지 아무 문제 없이 이 말을 이해할 거라는 사실을 안다. 하지만 나는 이 말을 믿을 수 없었다. 그래서 혹시라도 있을 숨겨진 뜻을 찾아내려고 계속 빙빙 돌려 생각했다.

이 메시지를 받아들이기 전에 뭔가 해야만 할 것 같았다. 그런데 뭘? 왓츠앱을 통해 냉정하게 대답해? 이모티콘을 찾아서 고통스러운 표정, 아니면 뺨 위로 눈물이 뚝뚝 떨어지는 슬픈 표정을 보내? 에우헤니오의 메시지가 무슨 말인지 정말로 알아듣지 못했다.

아빠가 다시 방문을 두드렸다. 내가 휴대폰을 들고 여전히 침대에 앉아 있는 모습을 보고 이상해했다. 내 얼굴은 어땠을까? 표정이 어땠는지 잘 모르겠다.

"마리나, 일어나야지. 늦겠다."

"이제 나가요."

"무슨 일 있어?"

"아니, 아니에요. 이제 일어나요."

아빠여서 다행이었다. 엄마는 '무슨 일 있어?'라고 절대 묻지 않는다. 엄마라면 침대 옆으로 다가와서 나를 뚫어지게 봤을 테고 '무슨 일 있어?'라는 질문은 다른 말투에 다른 의도가 있었을 것이다. 엄마와 아빠는 똑같이 나를 사랑하지만 질문하는 방식이 다르다.

나는 침대에서 뛰어내려 재빨리 욕실로 들어갔다. 그때의 느낌을 어떤 말로 표현해야 할지 잘 모르겠다. 조금이라도 비슷한 말은 '믿을 수 없다.'라는 것이다. 그러니까 그 메시지가 사실이라고 믿어지지 않았다.

한시라도 빨리 에우헤니오를 만나서 이야기해야 했다. 모든 것을 분명하게 밝히고 모든 일의 질서를 찾고, 잘못된 것이 있다면 바로 잡고……. 무엇이든! 분명히 실수였거나 뭔가에 잠시 홀렸거나 오해했을 것으로 생각했다. 한달음에 학교로 달려가서 우리가 이야기했던 대로 얼굴을 맞대고, 눈을 바라보면서 에우헤니오와 대화할 생각이었다.

아침 식사 중에 엄마와 마주치지 않으려고 했다. 그래서 엄마가 부엌에서 나간 다음에 들어갔다.

"늦잠을 잤구나."

"조금요."

하지만 함께 밖으로 나오는 것까지 피할 수는 없었다. 엄마 직장 시간표와 학교 시간표가 비슷하기 때문이다. 엘리베이터에서 엄마의 시선을 느꼈지만 피했다. 낯선 침묵이 흘렀다. 내려가는 시간이 영원처럼 느껴졌다.

버스 정거장에 다다르자, 갑자기 엄마가 예의 그 질문을 던졌다.

"무슨 일 있어, 마리나?"

"늦겠어요, 엄마."

다행히 시간이 없었다.

정말 시간이 없어서 수업 전에 에우헤니오를 만날 수 없었다. 교실에서 눈으로 그를 찾았다. 표면적으로는 무척 집중해서 선생님의 설명을 듣는 것처럼 보였다. 내가 바라보는 사실을 알 텐데 단 한 번도 고개를 돌리지 않았다. 내가 얼마나 당황했는지, 그 메시지 때문에 점점 더 괴로워한다는 사실을 너무나 잘 알 텐데 말이다. 초조함이라는 단어가 영혼 없는 벌처럼 다시금 머릿속에서 맴돌았다.

쉬는 시간을 기다렸다. 그러나 그때도 쉽지 않았다. 에우헤니오는 나를 피했다. 나는 그를 운동장 구석으로 데리고 갔다.

"무슨 일 있어, 에우헤니오?"

엄마가 나에게 한 것과 똑같은 질문을 했다.

"아무 일도 없어."

나는 휴대폰을 꺼내 그의 메시지를 찾아서 보여 줬다.

"이건 뭔데?"

"이미 읽었잖아. 아니야?"

"무슨 말인지 이해하지 못하겠어."

그는 시큰둥한 표정을 지었다.

"이해하지 못할 게 뭔데?"

"왜 새벽 1시 5분에 깨서 나에게 이런 메시지를 보냈는지 이해하지 못하겠어."

"너에게 뭔가를 말하고 싶어서 말했어. 그게 다야."

"그렇다면 지금 다시 말해 봐. 부탁이야."

"네가 다시 읽으면 되잖아."

"아니, 네 입으로 듣고 싶어."

그는 내 말에 힘을 얻은 것 같았다. 절대 무기력하거나 달아나는 듯한 태도를 보이지 않았다. 곧바로 자신만만한 척하는 태도, 우월감을 느끼고 담담한 척했다.

"정확하게 같은 말을 다시 말해 줄 수 있지." 극단적으로 냉정하게 말했다. "아니면 다른 말로 표현할 수도 있어."

"말해 봐!"

나는 침착함을 잃고 있었다.

"우리 그만 만났으면 좋겠어."

똑같은 표현이었다.

그 순간 내 영혼이 부서지는 느낌이었다. 아빠의 표현대로 내 영혼이 산산조각이 난 것 같았다.

"이제 우리 애인이 아닌 거야?" 멍청하게 물었다.

"응."

"하지만 너와 나는…… 그러니까 우리…… 우리 둘은……."
분명하게 생각을 정리할 수 없었다. 그래서 뭔가 우리 상태와
가장 가까운 한 문장을 만들어 낼 수 없었다. "어제는 우리가
서로 사랑했잖아. 생각나?"

"모든 것은 하룻밤 사이에 바뀔 수 있어."

"그렇지 않은 것도 있어."

"그래."

그는 돌아서서 멀어지기 시작했다. 기분 좋게 따라갈 수 있
었더라면. 하지만 나는 그곳에서 꼼짝할 수 없었다. 내 근육과
힘줄과 관절은 작동하지 않았다.

"나한테는 그렇지 않아!" 그에게 소리쳤다. 그러고 나서 바
로 소리를 죽여 나에게만 들리게 말했다. "나는 지금도 그리고
앞으로도 너를 사랑할 거야."

그는 돌아보지 않았다. 얼굴빛 하나 변하지 않았을 것이다.
왜 그런 생각이 들었는지 모르겠다. 에우헤니오 특유의 잘난
척하는 몸짓을 하며 미소 짓고 있으리라 상상했다. 승리의 느
낌을, 평온함을 드러내면서 말이다.

혼란스러웠다. 아무것도 손에 잡히지 않았다. 강박증이 생
겼다. 내가 뭔가 잘못했기 때문에, 그가 좋아하지 않는 것을
내가 했기 때문이라고 생각했다. 다른 것으로는 설명이 되지

않았다.

그다음이 가장 어려운 질문이었다. 내가 뭘 잘못했지? 나에게만 잘못이 있는 것 같았다. 감정이나 일은 하룻밤 사이에 갑자기 바뀔 수 없다. 만일 바뀐다면 누군가가 뭔가를 잘못했기 때문이다. 그렇다고 생각했다. 그런데 내가 뭘 했지? 그건 정말이지 알 수 없었다. 아무리 생각해 봐도 그럴듯한 답은 떠오르지 않았다.

마침내 그 폭풍 속에서 빠져나올 뭔가를 하나 건졌다. 네레아와 내 친구들이다. 사실 친구들과 꽤 멀어졌다. 하지만 에우헤니오가 요구했던 것만큼은 아니었다. 계속 그 친구들을 만났다. 그건 어쩔 수 없었다. 그리고 그들과 이야기했다. 물론 네레아와는 훨씬 자주 메시지를 주고받고 전화 통화를 했고, 에우헤니오가 없을 때 따로 만났다. 그것 때문일까? 그것밖에 없었다.

에우헤니오의 말을 분명하게 이해했다고 믿었다. 내 친구들을 두 번째 줄로 보내라는 것이 아니었다. 아주 간단하게 내 인생에서 뽑아 버리라는 것이었다. 마치 처음부터 존재하지 않았던 것처럼. 하지만 그것이 가능할까?

수업이 끝나자, 에우헤니오는 재빨리 교실을 나가서 교문 쪽으로 멀어졌다. 기예르모와 함께 갔다. 기예르모가 가장 친한 친구라고 이미 말했는데, 그것도 이해할 수가 없었다. 둘은 전혀 비슷하지 않았다. 사실 기예르모는 모든 사람과 잘 지냈다. 그는 기품이 있고, 언제나 친절하고 잘 웃는 좋은 친구였다.

그들을 따라갈 생각은 없었다. 있는 힘을 다해 뛰지 않으면 따라잡을 수 없었고, 달려갈 힘도 없었다. 나는 누구와도 부딪히지 않으려고 일부러 늑장을 부리면서 아주 천천히 교실을 나왔다. 혼자 있고 싶었다. 나에게 일어난 일을 곱씹으면서 받아들일 수 있을지 알아보고 싶었다.

모두 학교를 빠져나갔다. 복도에는 아무도 없었다. 본관에서 수위 아저씨가 문을 닫고 일과를 마무리할 준비를 했다. 그 즈음에야 정문을 지나 거리로 나왔다.

매일 같은 일상에서 갑자기 사이렌을 울리면서 구급차가 앞을 지나가면, 구급차에 길을 내어 주지 않을 사람은 아무도 없다. 당연하다. 우리는 하루라는 시간을 중요한 일부터 하나하나 처리하며 활기차게 보내려 한다. 정말 커다란 변화가 있을 때만 일상이 무너진다. 그런데 그 커다란 변화가 나에게 일어났다.

네레아와 친구들이 인도에 동그랗게 모여 서 있었다. 나를 기다리고 있었다.

"무슨 일이야, 마리나?"

같은 질문이었다. 엄마도 아니면서 왜 이렇게 물어보지? 그리고 나 또한 에우헤니오에게 왜 같은 질문을 했지? 나는 말이 나오지 않았다.

네레아는 나를 바라보며 기다렸다.

"나는 너의 친구야." 마침내 나에게 말했다. "어떤 순간에 든 그 사실을 잊지 마."

그때 내가 폭발했다.

나는 두려웠다. 어떤 식으로 폭발할지 나 자신도 모르는 조절할 수 없는 폭발이 두려웠다. 분명히 느꼈다. 혼란스러웠지만 휘몰아치는 파도가 나를 다른 방향으로 몰아칠 수도 있다는 사실을 알았다. 어떻게 할까?

내 친구 네레아, 가장 친한 친구, 무슨 일이 일어나든 언제나 제일 좋은 친구가 되겠다고 약속했던 네레아의 팔에 안긴다? 그것이 가장 예측 가능한 일이었고 가장 논리적인 일이었고 모든 사람이 기대할 만한 일이다.

무한한 슬픔의 팔에 안길 수도 있다. 슬픔은 나를 위로해 주지 못할 것이며, 위로받지 못하면 절망에 빠질 것이다. 그리고 누가 알았겠는가?

절망이 광기로 변할 수도 있다는 사실을.

그날…….

그랬다. 나는 미쳐 날뛰었다.

"다시는 내 인생에서 너와 마주치고 싶지 않아!"

온 힘을 다해 소리쳤다.

♡

"너도 너희도 그 누구에 대해서도 아무것도 알고 싶지 않아! 네가 내 가장 친한 친구라는 말 다시는 하지 마! 싫어. 이제 너는 내 가장 친한 친구가 아니야. 알았어?"

"무슨 일 있었던 거야, 마리나?"

다시 한번 그 아름다운 질문을 했다. 통제력을 잃지 않고 울고불고 소리치는 난장판이 되지 않도록 노력하면서, 이번에는 좀 더 가볍게 물었다.

하지만 나는 이미 폭발했다. 피를 철철 흘리는 느낌이었다. 그러나 네레아의 위로도, 두 팔 벌려 안아 주려는 네레아의 지지도 원하지 않았다. 반대로 내 안에 있던 모든 불꽃을 네레아를 향해 토해 냈다.

네레아는 나에게 뭐라고 하지 않으려고 참고, 애쓰는 모습을 보였다. 네레아는 이미 무슨 일이 일어났는지 알았을 것이다. 횡설수설하는 내 말을 들으면서, 나를 위해 무슨 일을 해야 할지, 그리고 어떻게 해야 할지를 생각했을 것이다.

"네가 원한다면 왓츠앱으로 말해 줄 수도 있어!" 나는 쉬지 않고 계속 퍼부었다. "그런 식으로 해야 하는 거 아니야? 너한테 내가 글로 써 줄 수 있다고! 너희 모두에게도 보낼 수 있어! 그래, 그럴 거야! 이제 나는 너희의 친구가 아니야! 나를 좀 가만히 내버려 둬! 알겠지? 휴대폰에서 글자로 확인하면 분명히 알게 될 거라고! 다시는 가까이 오지 마! 너희가 옆에 있는 게 싫어! 다시는 마주치고 싶지도 않아!"

　나는 백팩을 추스르고 걸었다. 다행히 아무도 따라오지 않았다. 하지만 네레아의 말이 들렸다.

　"마리나, 네가 무슨 말을 해도 나는 언제나 너랑 가장 친한 친구야!"

모닥불의 불꽃을 휘저어 본다.

나에게 위안을 주고 나에 대한 기억을 되돌려 줄 꺼져 가
는 불꽃을 찾아서.

연기가 피어오르는 쓰레기 산을 밟는다.

검게 물들어 악취를 뿜어내는 무, 적막감,

그리고 당혹스러운 침묵에 뒤따라오는 놀라움.

부재는 더는 아무것도 남아 있지 않을 때 남는 것이다.

부재는 우리에게 태양을 가리고 영혼을 어둡게 하는

거대한 새의 검은 날개다.

정오경에 나는 엄마보다 조금 일찍 집에 도착한다. 아빠는 직장에서 점심을 먹으니까, 보통은 엄마와 둘이 점심을 먹는다. 음식을 데우고 샐러드를 만들고 식탁을 차리고 나면, 문소리가 들린다. 엄마는 문을 열며 항상 똑같은 말을 한다.

"배고파 죽을 지경이야."

먼저 와서 기다리는 사람은 언제나 나였다.

하지만 그날은 반대였다. 엄마가 집에 일찍 도착했다는 말이 아니라, 나를 기다린 느낌을 받았다. 식탁은 차려져 있었고, 오븐에서는 크림수프와 치즈 녹은 냄새가 났다.

우리는 일상적인 인사말 이외에 더 말을 건네지 않고 식탁에 마주 보고 앉았다. 나는 허겁지겁 음식을 먹었다. 보통 사람들과 달리 나는 기분 나쁜 일이 있어도 입맛이 달아나지 않는다. 오히려 정반대다. 쉽게 살이 찌지 않는 체질이어서 다행이다.

"무슨 일 있어, 마리나?"

믿고 싶지 않았지만, 아침에 헤어지면서 한 그 질문을 다시 했다. 벗어나지 못했고, 강박으로 남은 그 질문을.

엄마는 내 눈을 바라봤다.

네가 내 딸인 것처럼 너를 잘 알고 있어.

내가 엄마 딸이기 때문에 엄마는 나를 잘 알고 있어요.

급히 음식을 먹었다. 아니 삼켰다는 말이 맞는 표현이다. 그동안 적절한 대답을 생각했다. 진실을 말할 생각은 내 계획에 전혀 없었다. 그렇다면?

나는 천천히 물을 한 모금 마셨다. 엄마도 식사하기 시작했다. 하지만 계속 내 대답을 기다렸다. 우리는 잠시 침묵했다. 곧 시선이 마주쳤다. 더는 참을 수 없어 울음을 터뜨렸다.

엄마에게 모든 것을 이야기했다. 에우헤니오가 한 일은 나를 버렸다는 사실이었지만, 그것뿐만 아니라 어떻게 에우헤니오를 알게 되었는지, 언제부터 사귀기 시작했는지, 내가 얼마나 사랑에 빠졌는지, 그의 행동을 받아들이는 것이 얼마나 당황스럽고 힘이 드는지 등 모든 이야기를 했다.

엄마는 최대한 분명한 사실을 이야기하면서 위로했다. 어떤 엄마라도 비슷한 상황에 있는 딸에게 그렇게 했을 것이다.

"네가 생각하는 것보다는 평범한 일이야."

"하지만 이해할 수 없어요."

"그렇게 우리는 고통을 겪으면서 성장하는 거란다."

"왜 우리는 그런 방식으로 성장해야 하는 거예요?"

"중요한 건 언제나 앞을 바라보는 거란다."

우리는 소파에 앉았다. 나는 엄마 무릎을 베고 눕고, 엄마는 내 머리카락을 쓰다듬었다. 이 자세를 어렸을 때는 무척 좋아했는데, 얼마 전부터 하지 않았다. 오늘 아침만 해도 누군가가 나에게 이렇게 될 거라고 말했더라면 펄쩍 뛰었을 것이다.

"다시는 네가 내 무릎을 베고 눕는 일이 없을 거라고 생각했어. 내가 네 머리카락을 쓰다듬어 줄 거라고는 말이야." 엄마가 따뜻하게 미소를 지었다. "몇 번 그렇게 하려고 했지만, 너는 화를 냈지."

"화를 냈다고요?"

"그래. 네가 이미 다 컸다고 생각해서 어린애 같은 짓이라고 생각했겠지. 너는 확실한 사춘기 소녀였어."

"소녀였다고요? 이제는 아니고?"

"그럴 수도 있지. 하지만 지금은 너를 사춘기 소녀라고 여겨도 될지 모르겠구나."

엄마의 품과 내 머리카락 사이로 느껴지는 엄마의 손가락이 유일하게 나를 위로하고, 평화를 주고, 쉬게 했다. 나는 눈을 감았다. 그런 자세에서 잠이 들지 않을 거라는 건 잘 알고 있었지만 말이다.

엄마가 커피를 조금씩 마시는 게 느껴졌다. 커피 향이 너무 좋다. 커피포트도 좋고 커피잔도 좋다. 아직 커피 맛에는 익숙해지지 않았다. 시간문제일 것이다. 나도 언젠가는 엄마처럼 커피 애호가가 될 것이다. 하지만 아빠는 핫초코를 더 좋아한다. 그리고 초콜릿을 먹으면서 하루를 보낸다. 어떤 면에서 아이 같다.

나는 엄마의 커피와 아빠의 핫초코를 생각했다. 그날 처음으로 나 자신이 아닌 어떤 것, 사방에서 나를 죄어 오는 고통, 또는 에우헤니오, 또는 너무 많이 읽어서 외워 버리고 닳아빠져 버린 '우리 그만 만났으면 좋겠어.'라는 말 이외의 다른 것에 대해 생각했다.

나는 누워서 엄마의 얼굴을 올려다보았다. 가장 멋지게 보이는 각도는 아니었지만 그 얼굴이 좋았다. 무엇보다 나와 엄마 사이에 분리될 수 없는 수많은 순간을 기억했다. 이미 모든 것의 일부분이 되었다.

"파우누스들은 님프들에게 상처를 주기도 했나요?"

엄마는 가볍게 고개를 숙이고 나를 바라봤다.

"파우누스와 님프는 다른 신화 이야기라고 설명한 거 같은데."

"맞아요. 기억나요."

"더 정확하게 말하자면 파우누스를 사티로스로 바꾸어 볼 수 있어."

"염소 다리와 뿔이 있어요?"

"응."

"님프들을 괴롭혔어요?"

"글쎄, 님프들이 사티로스들에게 거리를 두는 편이 나았지. 왜냐하면 그들은 조금 거칠고, 술을 좋아했어. 쉽게 정신이 나갔다고 해야 하나. 음악을 좋아하고 춤을 좋아했어. 님프들을 유혹하려고 플롯과 비슷한 갈대 피리를 연주했지."

"그러면 님프와 파우누스가 만날 기회는 전혀 없었을까요?"

"신화의 역사에서는 모든 것이 가능하단다. 단지 용어 문제일 뿐이지."

"엄마가 신화를 이야기해 주는 것이 좋았어요. 그 모든 것을 다 기억하려면 코끼리만 한 기억력이 있어야 하지만요."

"그렇게 말해 주니 기쁘네. 그 문제로 네 아빠와 항상 다투어야 했으니까."

"아빠가 들려주는 이야기도 좋았어요."

엄마는 한숨지었다. 아마도 그리움이었을 것이다. 내가 이야기를 좋아하는 어린아이였을 때를 생각했을 것이다. 엄마는 나를 쓰다듬어 주면서 잠시 조용히 있었다. 엄마 머리에 여러 생각이 스쳐 갔다. 나는 알 수 있었다.

내 엄마인 것처럼 나는 엄마를 잘 알고 있다.

내 엄마이기 때문에 엄마를 잘 알고 있다.

"내가 상관없는 일에 끼어든다고 생각할지도 모르겠지만." 곧바로 엄마가 말했다. "엄마들은 그렇단다. 직감에 따라 움직이지. 아니면 흔히 말하는 여섯 번째 감각일 수도 있지."

"무슨 말을 하고 싶은 거예요?"

"그것이 최선이라고 생각하기 때문이야."

"무슨 말이에요?"

"그 아이와 너 말이야."

"무슨 말인지 모르겠어요."

"네가 그 아이의 반응, 행동, 태도 등에 관해 이야기했을 때, 잘 모르겠지만 마음에 들지 않는 부분이 있었어. 내 딸이 겪게 될지도 모를 무언가 때문에 두렵구나."

"엄마도 네레아처럼 이야기하려고 해요?" 나는 엄마 말을 끊었다. "네레아는 개를 싫어해요."

"그렇다면 내가 항상 네레아를 마음에 들어 했다는 것도 알고 있겠네. 신중하고 영리한 아이야."

"저는 그렇지 않고요?"

"그런 말이 아니야. 내 말을 오해하지 마. 네레아를 불러서……."

"절대로 그러면 안 돼요!"

엄마 무릎에서 벌떡 일어났다.

"알았어. 그러지 않을게."

"그렇게 하지 않겠다고 약속해요."

"약속해."

"맹세해요."

"바보 같은 소리 그만해."

"맹세하는 건 약속하는 것보다 더 센 거예요."

"어떻게 그런 생각을 하게 되었어?"

물론 맹세하는 걸 가르쳐 준 사람이 에우헤니오라는 말은 하고 싶지 않았다.

사귀던 남자 친구와 헤어진다는 건 마음이 찢어지는 일이고, 전 생애에 다이너마이트를 폭파시키는 것과 같은 일일 수 있다. 나에게 그런 일이 일어난 것이다. 하지만 좋은 면도 있었다. 그날 밤에 스카이프로 막스와 잠시 이야기를 나누었다. 막스에게 에우헤니오 이야기를 한 적 없어서 아무것도 모른다. 막스는 그동안 내가 핑계를 대고 스카이프를 하지 않았다고 투덜거렸다. 내 소식을 거의 몰랐고, 메시지를 보내도 내가 너무 간단하게 대답해 버리고 말았다고 불평했다.

막스는 미국에서 행복하다고 했다. 낯선 환경에서 새 친구들과 적응하는 데에 별로 힘이 들지 않았다고 했다. 그러면서 나도 그럴 수 있을 거라고 용기를 줬다.

내가 미국으로 간다면? 상상조차 하고 싶지 않았다. 그건 에우헤니오와 완전히 멀어지는 것이다. 하지만 이미 우리의 관계는 끊어지지 않았던가? 아니면 우리가 잠시 헤어져 있는 것이라는 희망을 품고 있는 건가? 그러면 안 되는 이유라도 있는 걸까? 모든 커플에게 위기가 있다는 건 잘 알려진 사실이다.

우리 커플의 첫 번째 위기라고 생각하면 안 될 이유는 없다. 며칠 동안 숙고한 뒤에 새로운 희망을 안고 다시 만날 수도 있는 거 아닐까? 그러면서도 내가 만들어 내고 붙잡고 싶은 환상일 뿐이라는 생각도 들었다.

막스가 내 이야기를 들려 달라고 했을 때 어찌할 바를 몰랐다. 코너에 몰린 느낌이었다. 나는 수업이 무척 빡빡하다, 몇몇 선생님이 형편없다 등등 학교 이야기로 말을 돌렸다. 막스가 자꾸 내 이야기를 물어서 항상 똑같다고, 잘 지내고 정상적이라고 말했다. 그리고 웃어 보이기까지 했다. 하지만 눈에 눈물이 고였다. 스카이프의 화질이 안 좋아서 다행이었다. 막스는 내가 행복에 겨워서 눈빛이 반짝이는 것이라고 생각했을 것이다.

일찍 잠자리에 들었다. 졸리지는 않았지만, 부모님과 거실에서 영화를 보고 싶지도 않았다. 누워서 읽고 있던 책을 펼쳤다. 무척 좋아하던 책이다. 책을 읽기 시작했다. 첫 단락을 읽었지만, 아무것도 이해하지 못했다. 도저히 집중할 수가 없었다. 노트북을 열었다가 다시 닫았다. 옷으로 가득 찬 옷장을 바라봤다.

마침내 휴대폰을 집었다. 저장해 놓은 사진들을 봤다. 대부분 오래전에 찍은 것이었다. 지난여름 사진들이거나 그보다 더 이전 것들이었다. 에우헤니오는 나에게 사진을 보낸 적이 없었다. 함께 사진을 찍지도 않았다. 그때 특별한 사진 한 장이 생각났다. 내가 졸린 얼굴로, 머리는 헝클어진 채, 파자마 윗도리의 단추를 열어젖히고 욕실에서 찍은 그 사진 말이다.

수업이 끝나고 그에게 메시지를 보내고 싶었지만 그럴 수 없었다. 그러나 그 사진으로 완벽한 구실이 생겼다.

마리나　내가 보낸 사진 지워 줘.

에우헤니오　무슨 사진?

마리나　잘 알잖아.

에우헤니오　그 사진은 내 거야. 너는 단지 포즈를 취한 모델일 뿐이야.

내가 보낸 왓츠앱에 곧바로 답을 했다. 그러니까 손에 휴대폰을 들고 있었다는 뜻이다. 어쩌면 나를 기다렸을지도 모른다. 사진 이야기로 조금 혼란스러웠던 것 같다. 대화에 집중하기 위해서 약간의 시간이 필요한 것처럼 의미 없는 대답이 왔다. 하지만 항상 그랬듯이 그는 상황을 조절했다.

마리나   네가 사진 찍어서 보내라고 했잖아. 그래서 그렇게 했고.

에우헤니오   우리는 연인이었어. 그게 뭐가 나쁜데?

마리나   이제 지워 달라고 하는 거야.

에우헤니오   이제는 우리가 연인이 아니니까, 네가 원하는 대로 할 이유가 없어.

마리나   제발 부탁이야.

에우헤니오   너한테는 그 사진만 문제구나.

마리나   무슨 말을 그렇게 해? 바로 조금 전까지도 그 생각을 못 했어.

에우헤니오   그러면 무슨 생각을 했는데?

마리나   무슨 생각을 해야 할지조차 모를 만큼 힘들어. 너는?

에우헤니오   나?

마리나   어때?

에우헤니오   좋아.

마리나   너한테는 쉬운 일이었어?

에우헤니오   쉽지 않았어.

그날 밤 그가 보낸 마지막 말이었다. 나는 대화를 멈추고 싶지 않아 메시지를 더 보냈다. 피곤한지, 졸리는지, 잠들었는지 등등. 그러나 그는 답장하지 않았다. 메시지를 읽지도 않았다.

화가 나서 책상에 휴대폰을 던져 버렸다. 그리고 이불을 뒤집어썼다. 그의 마지막 말을 수도 없이 되풀이했다. 쉽지 않았다는 그 말에 놀라고, 조금 감동하기까지 했다. 그도 이 상황으로 고통스러워할 가능성이 무척 크다는 뜻이니까. 만일 그와 내가 고통스러워한다면……

그런데 그 모든 것이 무슨 의미가 있단 말인가? 에우헤니오가 나를 따돌리기가 쉽지 않았다는 말을 생각하면서 위로받았다니, 내가 얼마나 바보인가 생각했다. 내 인생 최대의 불행이라는 것을 알기나 할까?

그토록 참담한 생각을 하고 있는데, 누군가 방문을 두드렸다. 조화롭게 들리는 부드러운 소리였다.

"아직 안 자니?"

아빠 목소리에 적잖이 놀랐다.

"네."

아빠는 문을 열고 들어왔다. 들어오자마자 아빠의 미소가 선물처럼 다가왔다. 미소를 지을 수는 없었지만 고마웠다.

아빠는 침대 끝에 앉았다. 잠시 침묵 중에 서로를 바라봤다.

"괜찮은지 물어보려고 했어. 하지만 그게 얼마나 터무니없는 질문일까 생각했단다. 괜찮을 수 없으니까." 나에게서 눈을 떼지 않고 말했다.

"이미 엄마와 이야기하셨군요. 엄마가 아마도……."

"엄마가 무슨 이야기를 할 필요는 없었어." 내 말을 끊었다. "말하지 않아도 이해하는 일이 있단다."

"그렇다면 왜 저와 이야기하러 왔어요?" 어리광을 부리면서 위로받기를 원하는 약한 모습은 보여 주고 싶지 않았다.

아빠는 어깨를 으쓱해 보이고는 특유의 미소를 지었다.

"네가 어렸을 때처럼 이야기를 하나 해 주고 싶어서."

그 말에 마음이 풀려서 뭐라고 대답해야 할지 알 수 없었다.

"무슨 이야기요?" 마침내 내가 물었다.

"네가 골라 봐."

"'아기 돼지 삼 형제'가 가장 좋아하던 이야기예요."

"열두 번도 더 들려줬지."

"아니 수백 번일 거예요."

아빠는 고개를 끄덕이고 나서 일어났다.

"막내 돼지는 벽돌과 시멘트로 아주 튼튼한 집을 지었지. 늑대가 결코 그 집을 무너뜨릴 수 없었어."

"끝에서부터 시작했어요."

"마지막 부분만 상기시키고 싶었어." 아빠는 방문 쪽으로 걸어갔다. 방을 나가기 직전에 나를 돌아보았다. "너에게 충고

하고 싶지는 않아. 어쩌면 당연히 충고를 해야 할지도 모르지만. 그냥 내 의견을 말해 주고 싶구나."

"의견을 구한 적 없는데요."

"오래전부터 엄마와 나는 그 아이에 관해 이야기했단다."

"어떻게 알고요?"

"네 행동에서 우리 마음에 들지 않는 부분이 보였지."

"그럼 잘됐다고 좋아하시겠네요!" 나는 폭발했다.

"너는 우리가 우리 딸이 고통스러워하는 것을 보고 기뻐할 수 있다고 생각하니?" 아빠는 웬만해서는 침착함을 잃지 않았다.

"그러지 않기를 바라요."

이미 아빠는 몸이 반쯤 밖으로 나가 있었지만, 어렵게 나에게서 눈을 떼지 않았다.

"그 아이는 너를 사랑하지 않는다." 나가기 전에 나에게 말했다.

나는 '아기 돼지 삼 형제' 이야기를 생각했다. 셋째가 벽돌과 시멘트로 튼튼하게 지은 집을 생각했고, 늑대가 부질없이 그 집에 몸을 부딪치는 모습을 상상하면서 잠이 들었다.

정확하게 열하루 동안 네레아에게 화를 냈다. 에우헤니오 없이 지낸 두 번째 주말에서야 애인뿐만 아니라 가장 친한 친구까지 잃는 건 정말 말도 안 된다는 걸 깨달았다.

네레아는 아무렇지 않은 듯 두 팔 벌려 나를 환영했다. 에우헤니오에 대해 아무 말도 하지 않았고, 요 며칠 사이의 일도 아무 말 하지 않았다. 정말 고마웠다. 네레아에게도 쉽지 않은 일이었을 것이다. 어떨 때는 혀를 깨무는 듯한 아픔을 겪어야 했을 것이다. 그렇게 참는 것이 나를 위한 최선이라고 생각했던 것 같다.

에우헤니오 없이 지낸 첫 주말은 완전히 혼자 지냈다. 기억조차 하고 싶지 않을 정도로 지옥 같았다. 엄마 아빠는 어디든 함께 가 주려고 했지만 거부했다. 네레아도 여러 번 전화했지만 말하고 싶지 않았다. 그저 혼자 있고 싶었다. 하지만 외로움으로 나 자신은 산산조각이 나고 있었다.

마음 깊은 곳에서는 여전히 에우헤니오가 메시지를 보내서, 내 휴대폰을 반짝 빛내 주기를 바랐다. 보통 때처럼 별 내용 없더라도, 희망을 되돌려 주고 내 모든 괴로움과 공허함을 없애 줄 메시지를 기다렸다.

다음 주말은 이런 식으로 견딜 수 없을 것 같았다. 이러다가는 정말 미쳐 버릴 것만 같았다. 네레아가 다시 전화를 걸어 왔을 때 마음이 놓였다. 절대 포기하지 않고 몇 번이고 전화를 걸어 준 네레아가 얼마나 고마웠는지 모른다.

일요일 오후에 친구들과 함께 우리가 좋아하는 공원에 가기로 했다. 조금 멀어서 버스를 타고 가야 했지만, 둥근 언덕에 있어서 도시가 한눈에 보였다. 게다가 우리가 숨어들어 가서 마음 편히 놀 공간도 많았다.

우리는 잔디 위에 눕기도 하고, 준비해 간 음료를 마시기도 하고, 휴대폰으로 음악을 들으면서 시간을 보냈다. 신나게 웃고 떠들고 농담했다. 별거 아닌 것처럼 보일 수도 있지만, 함께 있어서 정말 좋았다.

친구들! 이제 다시 사귈 수 있다. 애인이라는 존재가 생기면서 나는 한 걸음 앞으로 나아갔다. 하지만 이제 다시 친구들을 만나면서 한 걸음 뒤로 가는 것이다. 왜 애인은 한 걸음 앞이고, 친구들은 한 걸음 뒤일까? 말도 안 된다!

네레아 말고, 노엘라와 임마, 산티, 기예르모가 함께 있었다. 임마가 단톡방의 다른 친구들에게 우리가 있는 곳으로 오라고 했다. 흔히 있는 일이었다. 네다섯 명으로 시작해서 열다섯 명이나 스무 명이 모여서 끝나곤 했다.

기예르모가 있는 것이 이상하지는 않았지만 뭔가 조금 불편했다. 기예르모는 에우헤니오의 친구니까 틀림없이 뭔가 알 것이다. 어쩌면 내가 모르는 부분까지 알 수도 있다. 옆에 없는 편이 나았다. 순간 그에게 다가가서 에우헤니오에 관해서 물어보고 싶은 충동이 들었다. 뭐든 알고 싶었다.

하지만 참았다. 누구와도 에우헤니오 이야기를 하지 않을 것이다. 이름조차도 언급하지 않을 것이다. 특히 기예르모와는 단 한 마디도 섞고 싶지 않았다. 존재하지 않는 사람처럼 무시할 것이다.

그러나 기예르모는 나를 무시하지 않았다.

우리는 나무들 사이의 널찍한 풀밭에 자리를 잡았다. 햇볕이 좋은 가을날이라서 해 질 무렵까지 거기에 있을 수 있었다. 나는 기예르모와 반대편에 앉고 싶어서 그를 살펴보고 있었다. 그런데 어떻게 된 일인지 앉고 보니, 바로 옆에 있었다. 놀라서 바라보자, 나를 보고 웃었다. 나를 보고 웃었는지는 잘 모르겠다. 언제나 미소 짓는 인상이었으니까.

"네가 여기에 온 걸 보니 기쁘네."

'나를 내버려 둬.'라고 말하는 것이 가장 좋은 대답이었다. 그러나 두서없이 말을 더듬거렸다.

"그래. 사실은…… 네레아가 전화해서 내가…… 그러니까, 이렇게 왔어. 하지만……."

그때 기예르모가 에우헤니오에 대해서 말을 시작할 거라는 느낌을 받았다. 사실은 아무리 부정하려고 해도 내가 원했다. 하지만 에우헤니오의 이름조차 언급하지 않았고, 그와 관계있는 그 어떤 이야기도 하지 않았다. 고마웠지만, 조금 화가 나기도 했다.

정말이지 고문이었다. 에우헤니오에 관해 아무것도 묻지 못하고, 무관심한 척한다는 것은 고문이었다. 에우헤니오는 어느새 내 주변에서 삭제되고 있었다.

강조해야 할 또 다른 단어, 부재. 이 단어의 진정한 뜻을 발견하기 시작했다. 다양한 종류의 부재가 있을 수 있다. 그러나 모든 종류의 부재는 무척 슬프고 고통스럽다. 부재는 우리에게서 뭔가 떨어져 나가서, 주변에서 그것을 찾을 때는 사라져 버리는 그런 것이다. 찾으려고 애를 쓰면 쓸수록 공허함만 만나게 될 것이다.

공허.

부재.

기예르모와 수많은 이야기를 나누었다. 어느 순간 그 모임에서 빠져나와서 우리 둘만 있는 느낌이었다. 기예르모가 선택한 주제에 관해 이야기했다. 내 실수였다. 내가 적극적으로 대화를 끌어가지 않고 건성으로 대답했기 때문이다.

"나는 오토바이가 정말 좋아."

기예르모가 말했다.

"이상할 것 없지."

"왜?"

"오토바이 좋아하지 않는 남자애가 있겠어?"

"너는 좋아하지 않아?"

"너무 시끄러워. 그리고 오토바이를 몰고 다니는 대부분은…… 아니, 말 안 할래."

"아직 오토바이가 없지만, 언젠가 갖고 싶어."

"그렇겠지."

"너 태워 줄게."

"꿈도 꾸지 마."

"그러면 너는 뭘 좋아해?"

기예르모는 언제나 먼저 대화를 시도했다. 나와 나의 취미,

나의 삶에 관해서 이야기해 주기를 원했다. 그러나 나는 어깨를 으쓱하는 것으로 대답을 대신했다.

그는 휴대폰을 꺼내더니, 유튜브에서 뭔가를 찾아서 보여 줬다.

"이 그룹 알아?"

"아니."

"정말 멋져."

"전혀 몰라."

"최근에 이름을 바꿨어. 카니발레스 베헤타리아노스로."

"한 번도 들은 적 없어."

"라이브로 보면 정말 대단해."

다른 친구들의 대화를 방해하지 않으려고 소리를 적당히 줄였다. 내가 듣기에는 다른 그룹들과 전혀 달라 보이지 않았고, 이미 수천 번 들은 듯 지루했다.

"다음에 더 조용한 곳에서 다시 들어 볼게." 기예르모의 기분을 상하게 하고 싶지 않았다.

"다음 주에 우리 동네에서 공연해. 지금이 볼 기회야. 곧 유명해질 텐데 그때는 표를 구하기가 하늘의 별 따기일걸. 우리 둘이 같이 가면 좋겠는데. 어때?"

"아니."

내가 무 자르듯 너무 강하게 싫다고 했던 것 같다.

기예르모는 눈을 동그랗게 떴다. 마치 이렇게 말하는 것 같았다.

'그래, 다음에 기회가 있을 거야……'

"네가 좋아하는 가수나 그룹 있으면 말해 봐." 고집스럽게 또 물었다.

당연히 내가 좋아하는 가수도 있고 그룹도 있었다. 그러나 끝까지 똑같은 태도를 보였다.

"몰라."

"있을 거 아냐."

"지금은 생각나지 않아."

"별로 말하고 싶지 않구나."

다른 아이와 있었더라면 더 편했을 것이다. 그러나 오후 내내 기예르모와 붙어 있었다. 기예르모에 대해 몰랐던 것이 있었다. 엄청난 수다쟁이였다. 절대 지치지 않았다. 때때로 내가 묻는 말에 대답하지 않으면 자기가 대답했다. 재미있어 보였다. 놀이처럼 내가 어떤 대답을 할지 상상하려고 했다. 그런데 그가 상상하던 내 대답이 적중할 때가 있었다.

집으로 돌아가려고 버스를 탈 때야 비로소 기예르모가 떨어졌다. 네레아가 나에게 왔으니 다른 곳으로 가지 않을 수 없었다.

네레아와 자리에 나란히 앉아, 차창 밖의 거리를 바라봤다.
일요일 늦은 시간의 도시는 텅 비어 있었다. 해가 저물면서 으슬으슬 추워졌다.

한참 동안 우리는 침묵을 지키고 있었다. 내가 한 행동, 아무 생각 없이 내뱉은 일은 이미 미안하다고 사과했다. 그러나 이 자연스러운 분위기에서 어떻게 대화를 시작해야 할지 몰랐다. 차창에 네레아의 얼굴이 도시의 야경에 포개어져 비쳤다. 영화 같았다. 어떤 영화?

"무슨 생각해?"

네레아가 물었다.

"영화 생각."

"어떤 영화?"

"모르겠어."

우리는 서로 바라보고 웃었다.

"그냥 바람 쐬게 내버려 두라고 해도 괜찮아."

"왜 그런 말을 해?"

"내가 정말 지긋지긋해하는 질문을 너에게 했거든. '무슨 생각해?'라는. 누가 그렇게 물으면 참을 수가 없어. 그럴 때면 이렇게 대답해. '네가 무슨 상관인데!'라고."

"다음에 그렇게 물어보면 똑같이 대답해 줄게."

"그런 질문을 해서 미안해."

"괜찮아. 내 대답은 사실이었어. 영화를 생각하고 있었거든. 두 소녀가 버스에 타고 있다. 한 소녀가 창밖을 바라보고 있고, 다른 소녀의 얼굴이 차창에 비치고 있다. 도시, 밤……."

"제목이 뭐야?"

"제목은 몰라."

"그러면 둘 중에 누가 주인공이야?"

"물론 나지!"

우리는 웃었다.

"내가 주인공인 건 어쩔 수 없어. 내 삶이 좀 더……." 적절한 단어를 찾으려고 생각에 잠겼다. "그러니까…… 네 삶보다는 내가 좀 더 영화 같잖아."

"영화 같다고?"

"말이 적당하지 않은 것 같아."

"아냐. 그렇게 말할 수도 있지."

"다른 단어를 찾아야겠어." 나는 고개를 저었다.

"그럼 결말을 알고 있어?"

"이상하게 들릴지 모르지만 본 적 없는 영화야."

"그렇다면 내가 좀 생각해 볼게." 네레아의 표정이 진지해졌다. "나는 영화의 결말을 상상하는 걸 좋아해."

"알아. 더 말 안 해도 돼. 넌 좀 심해. 대부분 맞추잖아."

"그래서 정말 화가 나. 그런데 내가 정말 좋아하던 영화는 결말을 맞추지 못한 영화들이야."

"맞아. 결말을 아는 것만큼 재미없는 것도 없어."

"어떤 영화는 1분만 지나도 끝을 알 수 있어." 네레아가 나를 바라봤다. 뭔가 궁금해하는 표정이었다. "그런데, 네가 생각하는 그 영화 말이야. 한 번도 본 적 없지만 어떻게 끝날지 상상이 돼?"

"아니, 전혀. 하지만 너라면 충분히 상상할 수 있을 거야."

"휴!" 네레아가 한쪽 손을 들고는 싫다는 몸짓을 해 보였다. "결말을 상상하고 싶지 않아."

"요즘 극장에 간 적 있어?"

"물론이지. 극장과 나는 떼려야 뗄 수 없는 사이야."

"볼 만한 영화 있었어?"

"정말 좋은 영화가 하나 있어. 보고 싶으면 같이 가자. 난 다시 봐도 괜찮아."

"결말을 맞췄어?"

"영화에 너무 깊이 빠져서 결말을 생각하는 것도 잊어버렸어."

"놀랍네."

"맞아. 그래서 중요한 건 결말이 아니라 과정이라는 걸 깨달았어."

"무슨 말이야?"

"내가 어렸을 때 동화책에서 읽은 문장이야. 내 머릿속에 박혀 버렸지. 마녀 에스메랄다가 나노에게 말하지. 인생에서 중요한 건 '과정'이란다. 생각나?"

"나는 어렸을 때 신화 이야기가 더 친숙했어."

"너는 그랬지." 네레아가 웃음을 참지 못했다.

"이봐, 취향을 존중해야지." 나도 미소로 답했다. "신화는 무척 진지한 거야."

"맞아. 제우스, 사투르누스, 아프로디테, 유노, 바쿠스 등등."

"님프, 파우누스……."

그렇게 우리는 이야기를 나누면서 동네까지 왔다. 기분이 좋았다. 네레아는 정말 멋진 친구다. 네레아는 내 눈을 뜨게 하려고 에우헤니오 이야기를 늘어놓을 수도 있었다. 그러나 신중하게 총알을 간직했고, 단 한 방도 쏘지 않았다. 정말 고마웠다. 하지만 네레아를 잘 알기에, 언제까지나 참고 있지는 못할 것이다. 그때는 다시 몸이 떨리겠지.

네레아는 가장 좋은 친구다. 나도 네레아에게 가장 좋은 친구가 되고 싶다.

그 뒤의 날들은 정말 낯설었다. 내 삶 자체가 낯설었다. 어디에서 비롯되었는지 알 수 없지만, 내 자신의 의지와 멀리 떨어진 느낌이었다. 누가 결정했을까? 왜 내가 선택하지 않은 오솔길을 따라 걸어가야 하는 것일까? 내가 진정으로 원하던 것은 에우헤니오와 나란히 걷는 것, 서로 가까이 있음을 느끼는 것, 우리의 꿈을 함께 나누는 것이었다. 그리고 그 생각은 손톱만큼도 변하지 않았다.

시간이 흘렀지만 에우헤니오는 여전히 내 머릿속에 있었다. 무슨 말이야, 머리라니! 그는 내 영혼 안에 있었다. 그랬다. 피할 수 없었다. 내 마음과 느낌에 나는 아무런 힘도 행사할 수 없었다. 내가 힘이 없고 쓸쓸해 보일 때면 친구들은 똑같은 말을 했다. 그 말이 지긋지긋했다.

"시간이 모두 해결해 줄 거야."

어떻게 사춘기 청소년들이 그런 말을 입에 담을 수 있을까? 내 또래의 아이들이 말이다. 그런 말은 노인들이나 하는 말이라고 생각했다. 하지만 모든 연령대의 사람이 그렇게 말했다.

하지만 우리 할아버지 스테파노는 그 말에 동의하지 않았다. 할아버지는 작년에 돌아가셨지만, 나는 영원히 기억할 것이다. 할아버지 같은 분은 절대 없다. 할아버지는 시간은 아무것도 해결해 주지 못하며 사실은 그 반대라고 했다. 시간은 모든 것을 파멸시킨다고 말이다.

맞다, 시간이 나를 치유해 주지 않았다. 어쩌면 에우헤니오의 얼굴을 매일 보기 때문일 수도 있었다. 우리는 같은 반이어서 그의 얼굴을 보는 것이 무척 고통스러웠다. 그가 나를 모르는 척 무관심한 태도를 보이며, 나에게서 무슨 냄새라도 나는 듯 달아나는 모습은 무척 마음이 아팠다.

교장 선생님께 반을 바꿔 달라고 부탁을 해 볼까도 생각했다. 그러나 공부와 전혀 관계가 없는 이유를 대면 일만 복잡하게 될 것이다. 게다가 반을 바꾸고 나면 에우헤니오를 볼 기회가 적어진다. 그건 더 심한 고문이 될 것 같았다. 두 줄 옆에 에우헤니오가 있으니, 지금은 가까이에서 그를 느낄 수 있다. 가끔 교실에 드나들다가 우리 몸이 스치게 될 때가 있다. 그럴 때면 그는 머리끝에서 발끝까지 몸서리를 쳤다.

시간이 지나가는 것이 낯선 게 아니라 삶 자체가 낯설었다. 우리가 조절할 수 없는 삶은 언제나 낯설다. 네레아가 말한 것처럼 논리적으로 내 생각을 구석구석 살펴봤다. 그러나 이성과 마음 사이의 전투에서 언제나 마음이 이겼다. 내 마음은 이성에 복종하지 않았다. 자기 마음에 명령을 내릴 수 있는 사람이 있을까?

기예르모 역시 조종할 수가 없었다. 어느새 어디든 졸졸 따라다니는 성가신 인간이 되었다. 아무리 따돌리려고 해도 마치 아무 일 없었다는 듯 다시 돌아오니 말이다.

노엘라가 쉬는 시간에 놀랄 만한 이야기를 했다.

"너를 좋아하는 거야."

"뭐라고?"

"몰랐어? 한눈에 보이는걸."

"말도 안 돼."

"왜 말도 안 돼? 기예르모 괜찮은 애야. 에우헤니오보다 훨씬 나아. 성격은 두말할 것도 없고."

노엘라가 기예르모와 에우헤니오를 비교한 것이 기분 나빴다. 나에게 둘은 비교 대상이 아니었다. 에우헤니오가 키도 더 크고 더 훤칠했다. 그래서? 기예르모 성격이 훨씬 더 사교적이다. 그래서? 기예르모가 더 친절하다. 그래서?

어쩌면 그래서 기예르모가 전화했을 때, 내가 해서는 안 되는 말을 했는지도 모르겠다.

"이제는 나를 좀 내버려 달라고 말해야 할 것 같아."

하지만 그는 꿈쩍도 하지 않았다.

"내가 전에 말한 그룹 생각나지? 카니발레스 베헤타리아노스라고. 걔네 노래 들어 볼 시간이 있었는지 모르겠네."

"관심 없어."

"이번 토요일에 우리 동네에서 콘서트가 있어. 거기에 한 번 간 적이 있는데 괜찮아. 우리 둘이 같이 보러 가면 좋겠는데."

"우리 둘이?"

"응, 우리 둘."

기예르모가 내 표정을 봤다면 더는 고집을 부리지는 않았을 것이다. 방금 나를 좀 내버려 두라고 했는데 콘서트에 가자고 한다. 도대체 제정신인가? 아니면 내가 다른 언어로 말했던 건가?

"좋은 자리를 잡으려면 조금 일찍 가는 게 좋겠어." 그는 계속 말했다. "꽉 찰 것 같지는 않지만 혹시 모르니까."

나는 퉁명스럽게 대화를 끊으려고 했다. 그는 에우헤니오의 유일한 친구이며 가장 친한 친구였다. 친구와 이별한 애인에게 관심을 두는 것 자체가 이상한 일이었다. 하지만 잘 생각해 보면 그다지 이상한 일도 아니었다. 그런 경우를 이미 몇 번 봤다. 물론 모두 결말이 좋지는 않았다. 기예르모가 나를 어떻게 생각하든 그건 의미가 없었다. 나는 아무 감정도 없었으니까.

갑자기 에우헤니오에 대해 뭔가 알 수 있을지도 모른다는 생각이 들었다. 에우헤니오를 더 가까이 느끼는 것 말이다.

"그 콘서트가 언제라고 했지?"

"토요일. 가 볼래?"

"좋아."

내 행동이 비난받을 만하다는 것을 안다. 에우헤니오에 대해 알고 싶어서 기예르모를 이용하고 싶었다. 네레아가 알면 뭐라고 할지 상상하고 싶지 않았다. 내 태도에는 두 가지 혐오할 만한 행동이 섞여 있었다. 하나는 말 그대로 기예르모를 이용한 것이고, 두 번째는 아직 아물지 않은 상처를 들쑤셔서 에우헤니오를 떨쳐 내지 않으려는 것이었다.

토요일까지 기예르모는 그 그룹의 노래들을 정신없이 보내 왔다. 표절한 듯한 노래 몇 곡을 형편없이 부르는 아주 따분한 그룹이었다.

"유튜브에 나오는 영상들은 별로야." 기예르모가 그들을 옹호하려고 애썼다. "좋은 음향 장비도 없고, 조명도 없는 나쁜 상황에서 찍은 거야. 실제로 보면 너도 열광하게 될걸."

토요일에 우리는 카니발레스 베헤타리아노스의 콘서트장으로 갔다. 그곳에 가 본 적이 있었는데, 어렸을 때는 빙고장이 있었고 그 뒤에는 결혼식과 파티가 열리는 레스토랑이 있었다. 엄마 말에 따르면, 훨씬 전에는 복음주의 교회와 연속 상영하는 극장이 있었다고 한다. 콘서트홀이 있는 줄은 몰랐다. 평소에는 닫혀 있고, 행사가 있을 때만 문을 열었다.

우리는 사람이 많이 몰리는 것을 피하려고 일찌감치 서둘러 갔다. 그런데 놀랍게도 아무도 없었다. 기예르모는 나보다 훨씬 더 놀랐다. 입구에 포스터가 붙었으니까 콘서트가 열리는 것은 확실했다. 그러나 줄도 없고 군중은 더욱더 없었다.

"아무래도 우리가 너무 일찍 왔나 봐."

"응."

"한 바퀴 돌아보자."

가까운 주변을 산책하기로 했다. 기예르모가 언제든 사람들이 몰려올까 봐 걱정했기 때문이다.

우리는 시답지 않은 이야기를 나누었다. 정말 궁금한 이야기를 꺼낼 기회가 좀처럼 보이지 않았다.

"에우헤니오는……." 마침내 내가 입을 열었다. "에우헤니오와는 이런 콘서트에 한 번도 온 적이 없었는데."

"왜 그런 말을 해?"

기예르모가 놀란 것 같았다.

"몰라. 하지만 가자고 했어도 아마 싫다고 했을 거야."

"에우헤니오에게는 어떻게 말을 꺼내야 하는지 알아야 해."

그를 비난하지는 않았다. 하지만 모욕감을 느꼈다. 내가 에
우헤니오와 말하는 법을 몰랐다고 하는 것 같았다.

"독특한 성격이지. 내가 몇 번 말한 것 같은데." 그가 덧붙
였다.

"우리 모두 독특한 면이 있지."

"자기가 결정하고 선택하고 조절하고 지배한다고 느끼는
것을 좋아해." 이번에는 캐묻지도 않았는데 계속 이야기했다.
"하지만 리더는 아니야. 여럿이 있으면 불편해해. 몇몇 사람에
게만 그런 식으로 행동해."

"네레아는 남성 우월주의자라고 말하는데, 너도 그렇게 생
각하니?"

"내가 뭐라고 했으면 좋겠어?" 그는 어깨를 으쓱했다.

"네 의견."

"학기 초에 상담 선생님이 남성 우월주의적인 태도와 행동
에 관해 이야기한 거 기억나?"

"응."

"그러면 스스로 대답을 찾아봐."

"그 말은 너도 그렇게 생각한다는 거 아니야?"

"그러면 너는 그렇게 생각하지 않아?"

"내가 먼저 물었어."

"그렇다고 말하지는 않았어." 기예르모가 조금 불편한 듯 대답했다.

에우헤니오 이야기를 포기하지 않은 채 나는 대화를 조금 다른 방향으로 돌렸다. 기예르모가 에우헤니오 이야기를 하게 된 지점에서 끝내고 싶지 않았다.

"에우헤니오의 가족을 만난 적 있지?"

"가족들은……." 순간 망설였다. "겉으로 보기에는 평범해. 네 가족이나 우리 가족과 마찬가지로."

"집에도 가 봤어?"

"응, 여러 번."

처음 이야기를 꺼낸 것 치고 나쁘지 않았다. 다음에는 에우헤니오 이야기를 꺼내는 것이 훨씬 더 쉬워질 것 같았다. 기예르모가 불쾌해하는 기색은 못 느꼈다. 반대로 친구 이야기를 하는 것이 좋아 보였다. 가끔은 불편한 기색을 보이기도 했지만 말이다.

음료수를 마시러 갔지만, 둘 다 입장권을 살 돈만 있었다.

"목이 마르면, 저 아래에 수도가 있어." 기예르모가 말했다. "거기 가면 물 한 모금 마실 수 있어."

기예르모가 어떻게든 나를 낚아 보려는 심산이었다면 그날은 낭만적인 진척이라고는 전혀 없었다. 수돗가에서 물을 마시다니! 에우헤니오라면 결코 그런 일은 상상조차 하지 못했을 것이다.

콘서트장으로 돌아와 보니 몇몇 사람이 문 앞에 있었다. 적어도 우리만 있는 것이 아니라 다행이었다. 대부분 우리 또래였다. 몇 명은 학교에서 본 적이 있었다. 아직 매표소가 문을 열지 않아서 우리는 줄을 섰다. 중년 여성 두 명이 아이들을 데리고 왔다. 아직 아이들만 보내기에는 너무 어려 보였다. 그 가족들은 즐거워 보였다.

그때 일이 일어났다! 일이 일어난 건지 내 상상이었는지 모르겠다. 나는 여기저기 둘러보면서 기예르모가 하는 말을 대충 듣고 있었다. 전혀 흥미 없는 이야기를 했기 때문이다.

순식간이었지만 건너편 길모퉁이에서 에우헤니오가 보였다. 반쯤 몸을 가린 채 우리를 관찰, 아니 감시했다. 실제였나? 좀 더 선명하게 보려고 손으로 눈을 누르고 다시 바라보자, 그는 사라지고 없었다. 그 뒤로 줄을 서는 동안 줄곧 그 모퉁이에서 시선을 떼지 못했다. 다시 나타날 때를 기다리면서.

기예르모가 눈치를 챘다.

"뭘 보고 있어?"

"아냐, 아무것도."

진짜 왔을까? 아니면 상상이었을까? 실제였다면 왜 에우헤
니오는 여기까지 왔을까?

카니발레스 베헤타리아노스의 콘서트에 관해서는 아무 말
도 하지 않겠다. 라이브로 들으니 정말이지 더 형편없었다. 음악
적 재능이라고는 꽝이었다. 그렇다고 멋이 있다거나 호감이 간
다거나 기분이 좋아지거나 그런 것도 아니었다. 성적 매력조차
없었다.

그 뒤에 일어난 일들을 보면서, 나는 에우헤니오가 우리를 감시한다고 확신했다. 그렇지 않다면 내가 미쳐 버려서 환영을 보는 것이리라. 두 번째 가능성은 무척 걱정스러웠다. 그러나 계속 같은 일이 반복되었기 때문에, 내가 미친 거라는 두 번째 가능성은 지웠다. 그렇다면 도대체 왜, 무슨 이유로 우리를 감시하지? 학교에서는 나를 피하고, 못 본 척했다. 이해할 수 없었다.

에우헤니오가 질투하고, 나를 보내고 싶어 하지 않는다고 생각하면 기분이 좋았다. 그래서 나를 몰래 따라다니고 감시하고, 아니 우리를 말이다. 왜냐하면 기예르모와 함께 있을 때만 나타났으니까.

도대체가 말도 안 되는 일이었다. 이 모든 일을 스스로 초래했으면서 말이다. 그가 끝내자고 했고 자기주장을 굽히지 않았다. 항상 나를 피했고, 이야기하기를 거부했다. 어쩌다 말을 하더라도 불쾌하게 대답했다. 그런데 찬찬히 생각해 보니, 어쩌면 마음이 쓰였을 수도 있을 것이다. 나에게 달라붙은 인간이 자기 친구인 기예르모라니.

그를 이해해 보려고 비슷한 상황을 상상해 봤다. 그러니까 이런 것이다. 거꾸로, 내가 남자 친구와 헤어졌다. 나는 이미 그 남자 친구를 잊었지만, 나랑 가장 친한 친구인 네레아와 사귄다는 사실을 알게 되면 조금 화가 날 것이다. 안 그럴까? 어쩌면 그런 감정일 수도 있겠다. 혼란스럽다! 내가 지나치게 확신하는 것일까? 아니, 확실하다!

에우헤니오는 내가 기예르모와 함께 있을 때만 나타났다. 우리는 자주 만났는데, 기예르모가 마음에 들어서 그런 건 아니었다. 내 마음은 아직도 에우헤니오를 향하고 있었고 언제까지나 그럴 것이다.

하지만 기예르모만큼 끈질긴 사람을 본 적이 없었다. 그리고 그는 친절하고 재미있었다. 그래서 결국은 그를 따라나서게 되었다. 게다가 바람직하지 않지만, 내 진정한 사랑이 옆에 있는 것처럼 느껴졌다. 어쨌든 가장 친한 친구니까.

"극장에 갈까?"

"아니."

"내 친구가 초대하는 파티에 갈까?"

"아니."

"얼마 전에 문을 연 컴퓨터 매장에 가 볼까? 거기에 최신 모델이……."

"아니."

그의 모든 제안을 거절했다. 그리고 마지막으로 가장 단순한 제안을 받아들였다. 한 가지만 마음에 내켰다.

"산책할까?"

"좋아."

"어디로?"

"아무 데나."

거의 항상 똑같은 장소를 산책했다. 우리 동네를 관통하는 넓고 곧은 거리에서부터 공원까지 걸었다. 구석구석 모르는 곳이 없는 공원이었다. 우리가 아기 때부터 그 공원에서 놀았기 때문이었다. 그런데 그곳에서 에우헤니오를 여러 번 봤다. 기예르모도 봤을 것이다. 그러나 모르는 척했다. 봤다고 하면 상상일 거라고 말했다.

에우헤니오는 결코 가까이 다가오지 않았다. 그래서 우리를 감시한다고 확신했다. 그는 나무줄기 사이나 울타리 뒤에 숨어 있었다. 에우헤니오가 있을 것이라는 강박으로 그를 찾아낸 것 같다. 아니면 아닌 척하면서 온 사방을 살피며 그의 모습을 찾았다. 그는 나를 감시하고, 나도 어느 정도 그를 감시했다. 그랬다. 그가 왜 그러는지를 알아내는 것은 포기했다. 그어떤 설명도 찾지 못했고, 아무것도 이해하지 못한 채 지쳤다.

나는 기예르모가 알아차리지 못하게 에우헤니오 이야기를 하려고 했다. 아니 기예르모가 이야기하게 했다. 에우헤니오를 제대로 알고, 그의 성격 뒤에 숨겨진 모습을 발견하고 싶었다. 전에 나누던 이야기를 기억해 내서 그 맥락을 되찾으려고 노력했다.

"조절하고 결정을 내리고 선택하고 싶은 욕망……. 자기가 중요한 인물이라고 느끼고 싶어 하고 남성 우월주의에 빠져 있고……."

기예르모가 체념한 듯 바라봤다.

"특별히 어떤 인물에 관해 이야기하는 거야?"

"나는 한 사람만 생각하지."

"내가 아는 사람이야?"

"넘치도록."

"네가 더 잘 알잖아."

"아니."

"네가 잘 묘사했어."

"그 묘사가 유효하다면 그 말을 먼저 한 사람은 너였어."

"아니라고 안 하겠어."

"문제는 아무리 생각해도 왜 그러는지 이해하지 못하겠다는 거야."

"왜 그런 식으로 행동하는지 말하는 거야?"

"응, 맞아."

"나도 모르겠어." 기예르모는 어깨를 으쓱했다. "어쩌면 자기 아빠처럼 좀 구식이고 난폭한 면이 있는지도 모르겠어."

"무슨 말이야?" 기예르모의 마지막 말이 뭔가 새로운 단서가 될 것 같았다.

"무슨 말인지 나도 모르겠어." 밟고 싶지 않은 땅에 들어왔다는 사실을 알아차린 듯 기예르모는 고개를 저었다.

"아빠와 무슨 상관이 있는데?" 집요하게 물고 늘어졌다.

"내가 쓸데없는 말을 한 것 같아."

"괜찮아."

"내가 집에 가서 가족을 만난 적이 몇 번 있어." 기예르모가 조금 두서없이 이야기를 해 나갔다. "뭐라고 설명해야 할지 모르겠어. 그러니까 집의 기운이랄까 분위기랄까. 특히 아빠가 계실 때는 더 그런 기운이 느껴졌어."

"아빠?" 나는 기예르모가 이야기를 계속하게 아빠라는 단어를 맞장구쳤다.

♡

"아빠가 조금 무서워."

"무슨 말인지 이해를 못 하겠어."

"그러니까 친절하고 상냥한 것처럼 하려고 웃어 보이기까지 해도 무서운 인상을 준다는 말이야. 이상하다고 생각하겠지만 사실이야. 아빠가 모든 사람 위에 군림하는 거야. 그리고 그걸 숨기려는 노력조차 안 해. 말대꾸할 수도 없고 아무도 그럴 생각도 못 해. 무서운 느낌, 두려움, 그 집 앞을 지나가기만 해도 느껴진다고 할까? 내가 몇 번 가기만 했는데도 그래."

"에우헤니오에게 그런 이야기했어?"

"그런 이야기는 하고 싶어 하지 않아. 내가 무슨 말을 하면 어깨를 으쓱하고는 아무 말도 안 해."

"그러면 엄마는?"

"존재하지 않는 것 같아."

"무슨 말이야?"

"존재하지 않는 것 같다고. 무슨 일이 있으면 아빠에게 동의를 구하는 눈빛으로 쳐다봐. 걔네 아빠는 언제나 무심한 척 뽐내면서 경멸하는 태도를 보이지. 무조건 내키는 대로 하는 거야. 엄마를 완전히 무시하면서." 기예르모가 나를 물끄러미 바라보더니 뭔가 중요한 말을 하려는 듯 목소리를 가다듬었다. "딱 한 번 에우헤니오가 말한 적이 있어. 자기 아빠에게 엄마는 구두를 터는 도어 매트 같은 존재라고. 자기 아빠랑 똑같이 무심하게 그런 말을 했어."

"에우헤니오가 자기 아빠랑 똑같다는 말이야?"

"나는 결론을 내리지는 않았어. 단지 에우헤니오가 자기 아빠를 존경하고 두려워한다는 것은 말할 수 있어. 두 감정이 다 있다고 말이야."

언제나 그랬듯이 기예르모는 내 의도대로 대화가 흘러가는 것을 달가워하지 않았다. 그러나 나는 멈출 마음이 없었다. 무엇보다 너무나 놀라운 폭로를 듣고 나서 심장 박동이 빨라졌다.

"계속해."

"아니."

"계속하란 말이야!"

"나머지 이야기는 내 의견일 뿐이야."

"네 의견을 듣고 싶어."

기예르모는 내 눈을 빤히 바라봤다.

그의 눈 속에서 하나의 비밀이 엿보이는 맑은 샘을 발견했다. 그러나 그 순간에 그의 비밀은 안중에 없었다.

"때가 되면 너에게 뭔가 설명해 주고 싶어. 내 말을 들어 주고, 나를 이해해 달라고 하고 싶어." 나에게 말했다.

준비한 대본 같은 기예르모의 이러한 말을 귀담아듣지 않았다. 내 관심은 다른 곳에 있었다. 그래서 계속하라고 재촉했다. 그는 고개를 저었다. 입을 다무는 편이 나을 거라고 자신에게 말하는 것 같았다. 그러나 계속했다.

"에우헤니오는 세상에는 두 종류의 사람만 존재한다고 생각해. 명령하는 사람과 복종하는 사람, 결정을 내리는 사람과 그 결정에 따르는 사람, 선택하는 사람과 선택받는 사람, 중요한 사람과 쓰레기 같은 사람……."

"왜 그렇게 생각해?"

"내가 어떻게 알아!"

"아빠한테 배운 거야?"

"아빠에게 존경심과 더불어 두려움을 가진다고 했지. 두려움? 아니야. 공포라고 하는 편이 낫겠어. 아빠처럼 행동하지 않으면 자기 엄마처럼 조금씩 별 볼 일 없는 인간이 되어 간다고 생각하는 것 같아."

"나는 그렇게 배우지 않았는데."

정말 천진난만한 말이었다. 갑자기 낯선 감정이 몰려들어서 혼란스러웠다.

"마리나, 그러면 우리가 사는 사회도 네가 배운 것과 같아?" 기예르모가 어깨를 으쓱하며 뭐든 다 안다는 표정을 지었다. "때때로 에우헤니오는 다른 사람들보다 더 현실적인 게 아닐까 싶어. 아빠가 그렇게 충고했을 수도 있지."

"그렇게 심하게 말하지 마." 나는 그 말을 받아들이고 싶지 않았다. "걔네 아빠처럼 생각할 리 없어."

"걔가 남성 우월주의자 같은지 나에게 몇 번 물었지?" 그의 말투는 시니컬해졌다. "물론 그래! 주변에서 모델을 찾는 거지. 개네 집만 말하는 게 아니야. 우리 사회도 남성 우월주의로 꽉 차 있어. 어디를 바라봐도 느낄 수 있을 거야. 수많은 여자까지 그래."

"우리가 그런 생각을 바꾸어야 해." 천진난만함만이 그 순간 내가 장착한 유일한 무기였다.

기예르모는 바닥에 앉았다. 군데군데 나무가 있는 경사진 풀밭이었다. 나도 앉았으면 하고 바라는 눈치였다.

나도 옆에 앉았다. 그는 내키지 않은 이야기를 한 탓에 자신에게 화가 난 것처럼 보였다. 그가 나를 좋아하고 그래서 내 뒤를 따라다니는 것이라고 했던 노엘라의 말이 생각났다. 그가 나를 좋아하는 것이 어느 정도 사실이라면 틀림없이 이 상황이 불편했을 것이다. 늘 없는 친구 이야기만 하고, 그 친구의 모르는 면만 알아내려고 하는 여자아이를 따라다니다니. 휴, 알 것 같다. 정말 기분 나쁠 일이다!

나는 갑자기 그가 이야기의 주제를 바꾸기를 바랐다. 이제 우리 눈앞에서 에우헤니오는 사라져야 한다는 것을 상기하면서 말이다. 그러나 놀랍게도 기예르모는 한마디 더 했는데, 그 순간부터 그 말이 내 뇌리에서 떠나지 않았다.

"자기가 편하려고 다른 사람들을 지배하는 거야." 나에게 말하고 있었다. 그러나 자기 자신에게도 하는 이야기 같았다. "맞아, 틀림없어. 그리고 그건 단순히 남성 우월주의가 아니야."

그러고는 풀밭에 누웠다. 에우헤니오에 관해서 더는 한마디도 하지 않으려는 것처럼 보였다. 추웠다. 전날 오후에 비가 내려서인지 엉덩이에서 축축한 기운이 느껴졌다. 눕는 것은 무모한 짓이었다. 감기에 걸릴 온갖 종류의 처방을 받는 것과 같은 일이었다. 그러나 나도 천천히 등을 풀밭에 대고 누웠다. 옷 안까지 축축한 기운이 느껴지면 일어나리라 생각했다.

"너와 함께 어디론가 떠나 버리고 싶어서 문제야." 그때 나에게 말했다.

"왜 그런 말을 하는지 알 것 같아." 나는 그의 말을 인정했다.

"네 마음에 들 방법이 뭘까, 그 생각 말고 다른 생각은 못하겠어. 하지만 모르겠어. 문제는 내가 네 마음에 들어갈 자리가 없는 거겠지."

그의 솔직한 말이 강하게 들려 왔다. 그 말을 조금 부드럽게 돌려 말할 방법이 없었다.

나는 이미 처음부터 그렇게 말했고, 기회가 있을 때마다 그 사실을 상기시켰다. 여전히 에우헤니오를 사랑한다고. 여전히 조종하고 결정하고 선택하고 지배하는 것을 좋아하는 그 인간을 사랑한다고. 자기 아빠를 존경하면서 동시에 두려워하는 그 인간, 그리고 아빠처럼 되려고 하는, 아니 이미 아빠처럼 된 그 인간을 사랑한다고. 사랑한다고.

그렇다. 나는 사랑이 변화의 동력이 될 수 있다고 믿었다. 내 사랑으로 그의 내면에 자리 잡은 그 악한 존재를 무너뜨릴 거라고 말이다. 우리의 관계가 깨지고 난 지 이미 여러 날이 지났지만, 한순간도 그를 뇌리에서, 내 삶에서 떼어 내지 못했다. 내가 그걸 거부했다. 에우헤니오의 그 어떤 제안에도 결코 '아니'라고 말하지 않았을 것이다.

그때 내가 못 한 그 말을 생각해 봤다.

'아니.'

여러 차례 에우헤니오에게 해야 했던 말이었다. 하지만 절대 하지 않았다. 내 바람과 관심, 개성…… 그런 것은 어디에 두었지? 가끔이라도 사랑하는 사람에게 그런 말을 할 수는 없었던 걸까? 만일 내가 그렇게 말했다면 무슨 일이 일어났을까?

기예르모가 뭔가 기다리는 듯 나를 바라봤다.

"너는 좋은 친구야." 그 말밖에 할 수 없었다.

"난 '좋은 친구'라는 말을 증오해. 지긋지긋해." 나에게 말했다. "게다가 나는 그렇지 않거든."

"하지만 모두 너를 그렇게 생각하는걸. 너에게는 나쁜 면이 없어."

"나에게도 어두운 면이 있어."

"나 겁주려고 하는구나." 내가 웃었다.

"너도 알게 될 거야. 머지않아 알게 될 거야."

등에서 축축한 기운이 느껴졌다. 나는 단숨에 일어나 기예르모에게 손을 내밀었다.

"일어나. 안 그러면 너를 살려 달라고 119를 불러야 할 거야."

내가 내민 손을 잡았다. 나는 온 힘을 다해 그를 끌어당겼다. 단번에 일어나게 했다. 일어나면서 순간 휘청거렸다. 나는 넘어질까 봐 그의 허리를 잡았고 그는 내 어깨를 잡았다. 우리는 거의 포옹하듯 무척 가까이 있었다. 우리는 서로 바라보았다. 그가 어떤 감정을 느꼈는지 모른다. 그러나 묘한 긴장감이 흐른 그 순간 그가 무척 당혹스러워하는 것을 알 수 있었다.

나는 즉시 그에게서 떨어졌다. 가까이에서 그를 느끼고 싶지 않았고 그의 표정을 살펴보고 싶지 않았다. 몸을 돌려 심호흡을 했다. 멀리 음료수를 파는 매점이 있었다. 닫혀 있었다. 여름에만 연다. 매점 옆에 쇠사슬로 묶인 의자들이 포개어져 있었다. 그런데 그 의자들 뒤로 그 얼굴…….

나는 입을 다물지 못했다. 의자 뒤에 에우헤니오가 숨어 있었다. 100% 확신할 수는 없지만, 그가 아니면 누구란 말인가? 그는 몸을 숨기려 했다. 그러나 이미 그의 얼굴을, 그의 모습을, 그의 움직임을 볼 시간이 있었다. 입고 있는 옷까지 오늘 아침에 학교에 입고 온 그대로였다. 너무나 빨리 스쳐 지나간 새로운 모습이었다. 꿈이 아니었다.

"무슨 일이야?" 내가 놀라는 걸 보고 기예르모가 물었다.

"아니야." 내가 단호하게 대답했다. "이제 가자. 추워."

우리는 쌓여 있는 의자 둘레를 지나 매점 옆을 돌아갔다. 그러나 이미 에우헤니오의 흔적은 없었다. 기예르모는 내가 당황한 것이 다른 이유라고 생각했을 것이다. 당연했다. 우연이었지만 우리의 몸은 무척 가까이에 있었고 손까지 잡았으니까.

공원 밖으로 나와서 이미 여러 번 물었던 그 질문을 다시 했다.

"에우헤니오가 우리를 감시할 거라고 생각하니?"

"그럴 수 있지."

그의 대답에 더욱 당혹스러웠다. 처음으로 인정했다.

"나는 아직도 에우헤니오를 사랑해."

"알아."

우리 둘 사이에 분명하게 해야 할 일을 한 번 더 확실히 했다.

확실히 에우헤니오는 나를 감시했다. 매일매일 점점 멀어지는 현실과는 완전히 반대되는 느낌이었다. 누가 이해할 수 있을까? 도저히 이해할 수 없어서 하나의 놀이라고 생각했다. 그런 놀이를 좋아하지 않지만, 참가자들에게 어떤 미션을 주고 임무를 완수하게 하는 게임이 있다는 이야기를 들었다.

에우헤니오가 게임을 하는 걸까? 어쩌면 이렇게 말하는 편이 나을지도 모르겠다. 에우헤니오가 나를 상대로 게임을 하는 걸까?

미쳐 버렸을 가능성도 생각해 봤다. 아니면 어떤 종류의 강박이나 마니아가 있거나. 그런 주제의 글을 읽은 적이 있다. 뭔가 단서를 찾으려고 사전에서 단어를 찾아봤다.

정신이상(精神異常)

『심리』 신경 정신 계통의 장애로 비정상적이고 괴이한 행동을 하는 증상.

강박(强迫)

「1」 남의 뜻을 무리하게 내리누르거나 자기 뜻에 억지로 따르게 함. 비슷한말은 겁박(劫迫).

「2」 어떤 생각이나 감정에 사로잡혀 심리적으로 심하게 압박을 느낌.

「3」『법률』 민법에서, 상대편에게 고의로 해악(害惡)을 끼칠 것을 알려 공포심을 일으키게 하는 행위. 강박 행위로 인한 의사 표시는 취소할 수 있고 강박으로 받은 손해는 배상하게 할 수 있다.

자신을 향한 강박은 장애였지만 남을 향한 강박은 범죄였다. 한편으로는 내가 미쳤을 가능성도 함께 생각해 봤다. 아니면, 우리 둘이 동시에 미쳤다면?

네레아에게 이야기했다.

"그건 나쁜 책을 쓰기 위한 좋은 줄거리에 불과해."

"단지 그것뿐이야?"

"어쩌면 끔찍한 영화 소재일 수도 있지. 주말이면 온갖 텔레비전 채널에서 나오는 시시한 영화들 있잖아."

"나쁜 책을 갖고도 무척 좋은 영화를 만들기도 해. 네가 말했잖아."

"맞아. 반대의 경우도 있지." 곧바로 네레아가 정곡을 찔렀다. "그 인간은 미치지도 않았고 너도 미치지 않았어. 그 인간의 증상은 이름이 있지."

"다시 말해 줄 필요 없어."

"그런데 왜 그걸 인정하지 않는 거야?"

"그러면 너는? 왜 내가 개를 사랑하는 것을 이해하려고 하지 않아?"

"좋아. 네가 사랑에 빠졌다는 걸 인정해." 네레아가 말투를 바꾸었다. "이해하지는 못하겠어. 하지만 인정할게. 지금은 어디를 봐도 너희의 관계는 깨졌어. 끝났다고."

"네가 좋아할 일이지."

"깊이 들어가지 말자."

"좋아. 적어도 네가 좋아한다는 건 인정하지?"

"맞아, 인정해. 하지만 네가 이해하지 못하더라도 너를 위해서 좋아하는 거야."

에우헤니오와 내 관계가 끝난 순간부터 네레아의 얼굴빛과 기분, 나에게 하는 태도가 달라졌다. 숨길 수 없었다. 네레아의 눈빛이 행복해하며 반짝였다.

네레아도 기예르모가 나를 따라다닌다는 사실을 알았다. 물론 기예르모는 마음에 들어 하는 것 같았지만, 네레아가 한 말이 조금 걱정스러웠다.

"문제는 기예르모도 에우헤니오에게 조종당한다는 거야."

"무슨 말인지 모르겠어."

"어쩌면 에우헤니오가 우리가 상상한 것보다 훨씬 더 강압적이고, 뒤틀린 인물이고, 기예르모는 그의 손에서 놀아나는 꼭두각시일 수도 있다는 말이야."

"점점 더 못 알아듣겠어."

"맞아, 나도 잘 모르겠어. 우리가 아는 게 없어."

"네가 영화를 좋아하다 보니까 없는 사실도 볼 수 있게 된 것 같아."

"틀렸어. 영화를 봐서 보지 못하는 것을 보게 된 거야."

영화 이야기를 하다 보니, 기예르모가 얼마나 자주 영화 보러 가자고 했는지 생각났다. 그리고 언제나 내가 '아니'라고 대답한 것도 생각났다.

"며칠 내로 기예르모와 영화 보러 가야 할지도 모르겠어." 네레아에게 말했다. "그동안 영화 보러 가자고 수도 없이 이야기했는데 이제 핑곗거리가 없네."

"특별히 보고 싶은 영화 있어?"

"아무거나 다 좋대. 나보고 고르라고 했어."

"그러면 하나 추천해 줄게."

"슬픈 영화 말고."

"좋은 영화라고."

"둘 다 충족해야지. 안 슬프고 좋은 영화."

수없이 시도했지만, 그와 직접 이야기하는 것은 포기했다. 대신 우리가 평소에 하던 왓츠앱을 이용하기로 했다. 그동안 우리는 왓츠앱을 통해 가까이 있음을 느꼈다. 그는 자기 집에, 나는 우리 집에, 그는 자기 침대에, 나는 내 침대에서 왓츠앱을 통해 달콤한 키스의 맛과 심장이 고동치는 소리를 느꼈다.

우리가 줄곧 대화를 나누던 밤을 선택했다. 나는 휴대폰에 쓰기 전에, 이야기할 것을 상세하게 종이에 썼다. 혹시라도 실수로 잘못 보낼까 봐 걱정되었다. 얼마나 여러 번 다시 썼는지 기억할 수 없었다. 요점은 분명했다. 왜 그렇게 갑작스럽게 관계를 끊어 버렸는지 그와 이야기하고 싶었다.

그러나 어떤 톤으로 어떻게 말할지, 어떻게 해야 불편해하지 않을지가 문제였다. 휴대폰으로 메시지를 보낼 때는 언제나 조심해야 한다. 읽다 보면 반대로 이해할 때가 종종 있으니까. 또 너무 긴 내용을 쓰는 것도 적절하지 않다. 간결함이 중요하다. 하지만 많은 내용을 작은 공간에 어떻게 표현한다는 말인가?

마침내 10시 46분에 보냈다. 그는 보냄과 동시에 읽었다. 안도의 한숨을 내쉬고 기다렸다.

11시 정각이 되었다. 나에게 대답할 수 있는 14분의 시간이 지났다. 그런데 답이 없었다. 어쩌면 대답을 고민하느라 시간이 걸릴 수 있다고 생각했다.

11시 15분. 11시 반. 12시 15분 전. 12시.

1시간 14분은 너무 긴 시간이었다. 결국 그는 답을 주지 않았다.

끔찍한 밤이었다. 악몽 때문이 아니었다. 잠을 거의 못 잤다. 이불을 뒤척이며 진땀을 뻘뻘 흘렸다. 관자놀이가 마구 뛰었고 밀려오는 두려움에 어쩔 줄을 몰랐다. 이 세상과 현실이 내 위로 쏟아져 내려올 것만 같았다. 어쩌면 이미 쏟아져 내린 것일 수도 있다. 그날 밤 그것이 현실로 다가왔다. 처음으로 에우헤니오 없이 사는 것을 받아들여야 할 것이라고 생각했다.

에우헤니오가 내 삶 바깥에 있다고? 그럴 수 없다. 매일 아침 눈을 뜨면 그의 부재를 받아들일 수 없을 것이다. 죽음으로 인한 어쩔 수 없는 부재가 아니라 그의 결정으로 인한 부재였다. 나를 사랑하지 않는다는 사실을 받아들일 수 없었다. 그가 없는 내 삶은 어쩔 수 없이 달라져야 할 것이다. 그러나 그

없이 살아간다는 것이 가능할까?

샤워를 하면서, 고통스러웠던 밤의 흔적이 지워지기를 바랐다. 다크서클을 가리려고 눈 화장을 했다. 입술도 빨갛게 칠했다. 끔찍했다!

고개를 숙이고 주방으로 들어갔다. 부모님은 좀비 같은 내 얼굴을 알아봤다. 동시에 나를 보고 얼마나 놀랐는지 분명히 알았다. 그렇지만 내 모습에 아무 말도 하지 않았다.

"따뜻한 우유 있어."

"그리고 토스트도."

"잼은 냉장고에 있어."

부모님은 사춘기 딸이 처음으로 실연의 아픔에 직면한 것을 알았다. 실연, 그 단어를 쓸 때마다 불쾌한 감정을 피할 수 없다. 그런데 첫 번째 실연이라고 부를 수 있을까? 나에게 일어난 일은 단순한 실연이 아니라 훨씬 더 심각한 것이었다. 균열이었고, 아무리 시간이 지난다 해도 봉합될 수 없는 깊은 상처였다. 나는 평생 벗어나지 못할 것이다.

부모님은 함께 엘리베이터를 타고 내려오면서 끊임없이 나에게 이런저런 제안을 했다. 이거 하자, 아니면 저거 하자, 또는 어디 놀러 가자 등등. 내 모습을 돌려주고 싶었을 것이다. 그들의 딸 마리나가 다시 그들의 딸 마리나가 될 수 있게 말이다.

이제 생각해 보니, 부모가 되는 일은 어려운 것 같다. 특히 사춘기 딸의 부모는 더 말할 것도 없이 어려운 일이다. 나는 절대 아이를 갖지 않을 것이다. 내가 정말 사랑하는 사람과 함께해야 아이를 가질 것이다. 그런데 그 사람이……. 헛소리를 하는 것 같다. 이성을 잃은 것일까?

현관에서 부모님과 헤어지고 학교로 향했다. 매일매일 같은 반에 있는 그를 봐야 했다. 중국 고문이 잔인하다고 들었다. 내가 진짜 중국 고문을 당하고 있었다. 아니 그보다 더한 것이었다.

20장

그 뒤로 사흘 밤 연속 같은 꿈을 꾸었다. 아니 어쩌면 꿈이 아닐 수도 있었다. 거의 뜬눈으로 밤을 새웠기 때문이다. 어쩌면 계속해서 나에게 덮쳐 오는 환영이나 이미지였을 수도 있다. 하나의 이미지였는데, 어떤 장식품의 사진이나 그림이 아니었다. 멈춘 순간이었다. 세밀한 부분을 연습하는 느낌이었다. 동상 같았지만, 인물들이 원할 때는 움직일 수 있었다.

나는 사흘 밤 연속 같은 꿈을 꾸었다. 어쩌면 같은 환영을 봤는지도 모르겠다.

장면은 다시 완전히 매끄러운 벽으로 둘러싸인 캄캄하고 네모진 공간이다. 폐쇄적이고, 억압되고, 고통스러운 분위기를

195

만들어 내는 미세한 회색 조명이 무대를 일정하게 비추고 있다. 나는 어느 정도 떨어져 무대를 본다. 무대 위쪽에 단어가 쓰여 있는데, 공중에 떠다닌다. 빔 프로젝터로 쏜 것 같다. 관람석과 극장은 텅 비었다.

앞쪽 모서리 끝에 파우누스가 서 있는데, 거대하다. 위엄이 있다. 한 번도 그토록 거대하고, 힘이 세고, 강력한 느낌을 받은 적이 없었다. 자세히 살펴보지 않으면 조각상으로 보일 만큼 꼼짝 않고 있다.

그리고 무대 한가운데 님프가 바닥에 쓰러져 몸을 웅크리고 있다. 얼굴만 보인다. 얼굴만 보아도 얼마나 괴로워하는지 알 수 있다. 온갖 두려움의 요소를 다 담아 그린 그림 같다. 전율, 충격, 만신창이, 놀라움 등의 단어가 떠오른다. 그녀도 꼼짝 않고 있다.

그녀의 머리 위 공중에 떠다니는 글자가 또렷하다. '막간'

그래서 관람석과 극장이 텅 비어 있는 것 같다. 절대 침묵이 흐르고 있다. 로비에서 들려오는 웅성거림조차 안 들린다.

진짜 강박이 될 정도로 계속 '막간'이라는 단어를 생각했다. 꼿꼿이 선 파우누스도, 바닥에 웅크린 님프도 떨쳐 버릴 수 없었다. 그러나 그 단어가 먼저 떠올랐다. 막간은 한 공연의 두 부분 사이의 휴식이다. 그 꿈은 이제 계속되는 부분을 살게 될 것이라는 뜻이었다.

그렇다면 무엇이? 에우헤니오와 함께 펼쳐질 2부가 있을까? 있다 하더라도 아무것도 보장해 주지 않을 것이다. 2부라고 해서 꼭 행복한 결말로 가는 것은 아니니까. 막간은 무한히 연장되고, 2부는 절대 오지 않을 것 같다.

절망스럽게도 내 상황은 아무것도 변하지 않았고, 참을 수 없을 정도로 단조로운 날이 계속되었다. 에우헤니오는 나에게

다가오지 않았고, 혹시라도 우리가 20m 이내에 있다는 사실을 알게 되면 재빨리 멀어졌다. 교실에서만 예외였다. 그리고 매 순간 내가 존재하지 않는 것처럼 행동했다. 또한 내가 보낸 그 어떤 메시지에도 답하지 않고, 전화도 받지 않았다.

에우헤니오가 내 삶 바깥에 있게 될까? 계속 같은 질문을 되풀이했다. 그러는 동안 끔찍한 막간은 계속되었다. 수컷 산양의 다리 위에 꼿꼿이 선 파우누스의 모습과 바닥에 몸을 웅크린 부서진 님프의 모습.

한편 기예르모의 행동을 어떻게 생각해야 할지 알 수 없었다. 때때로 무척 고집스러웠지만, 괴롭지는 않았다. 에우헤니오가 멀어지는 만큼 기예르모는 다가왔고, 나도 모르는 사이에 내 삶 안으로 들어왔다.

솔직히 그를 향한 내 태도가 조금씩 변하고 있었다. 더는 옆에 붙어 다니면서 나를 짜증스럽게 만드는 고집스러운 인간이 아니었다. 이제는 필요한 동반자가 되었다. 곁에 없을 때는 보고 싶어졌다.

이상하게도 기예르모에게는 눈물을 보이지 않았다. 한 번도 그에게 내 고통과 깊은 느낌, 그리고 내가 얼마나 상처받았는지 표현한 적이 없었다. 그는 내 상처를 치유해 주는 향유와 같은 존재였다. 그의 웃음과 농담, 장황한 이야기, 그리고 그의

♡

존재는 나에게 꼭 필요한 요소가 되었다.

지금 생각해 보니, 내가 누구를 붙잡고 울지는 않았다. 네레아에게도 마찬가지였다. 내가 에우헤니오에 대해 갖는 약한 감정을 드러내면 네레아는 대놓고 호랑이처럼 펄쩍 뛰었다. 엄마에게도 많이 이야기하지 않았다. 엄마는 원했지만 말이다. 나는 혼자서 그 엄청난 눈물을 삼켜야 했다. 어떤 때는 그 눈물 속에 빠져 버릴 지경이었다.

처음에는 전혀 내키지 않았는데, 기예르모가 자꾸 졸라대서 할 수 없이 함께했다. 그러면서 언제부턴가 마음속 깊은 곳에서 그가 다가오는 것이 즐거웠다. 그에게 한 번도 적극적인 모습을 보이지 않았지만, 결국 기예르모는 편한 존재가 되었다. 그렇지만 실제로 내가 그를 찾지는 않았다. 그의 목소리를 듣고 미소를 바라보며 농담을 듣는 것에 내가 즐거움을 느낀다는 것을 들키지 않으려고 애썼다.

노엘라나 다른 친구들이 기예르모가 나를 좋아한다고 이야기해 줄 필요가 없었다. 나 역시 알고 있었다. 그렇다면 내가 무엇을 할 수 있을까?

우리는 함께 극장에 가서 네레아가 추천해 준 영화를 봤다. 영화는 정말 좋았다. 그러나 무척 슬펐다. 결말에서는 눈물을 펑펑 쏟지 않을 수가 없었다.

"영화 어땠어?"

다음 날 네레아가 물었다.

"정말 좋았어. 그런데……"

"정말 정말 좋았지." 기예르모가 내 말을 막았다. "그렇게밖에는 말할 수가 없어."

극장에서 일이 있었다. 기예르모와 나는 팝콘 한 통을 같이 나눠 먹었다. 그래서 우리의 어깨 ─ 내 오른쪽 어깨와 기예르모의 왼쪽 어깨 ─ 가 무척 가까이 있었다. 그토록 오랜 시간 함께 다녔지만, 그렇게 가까운 적은 한 번도 없었다. 팝콘을 다 먹고 나서 그는 바닥에 통을 내려놓았다. 그리고 어찌할 새도 없이 내 손을 잡았다.

나는 깜짝 놀랐다. 거기서 멈추지 않고, 더 가까이 다가와서 키스라도 하려고 한다거나 내 몸에 손을 대기라도 한다면 어떻게 해야 할까 고민했다. 다행히 기예르모는 손만 잡았다. 그 뒤로는 걱정하지 않았다.

그 순간 어쩌면 에우헤니오가 우리를 감시할지도 모른다고 생각했다. 몸서리가 쳐졌다. 고개를 돌려 뒤쪽을 보기까지 했다. 그러나 극장이 어두워서 누군가를 알아보는 건 불가능했다. 그러다가 영화에 푹 빠져서 모든 것을 잊어버렸다. 티슈가 있어서 다행이었다. 마지막 부분에서 울었기 때문이다. 기예르모의 눈가도 촉촉해져서 티슈를 건넸다.

기예르모가 집으로 돌아오는 길에 영화 이야기가 아닌 다른 무슨 말을 할까 봐 두려웠다. 갑자기 나를 좋아한다는 말을 분명하게 하면 어떻게 하지? 그 생각만 해도 두려웠다. 그러나 그는 아무 말도 하지 않았다. 내가 그와 함께 다니는 건 그런 말을 하지 않아서였다.

그즈음에 나는 어느 정도 평온을 되찾았다. 그렇다고 내상처가 다 아물었다거나 악몽에 시달리지 않게 되었다는 뜻은 아니다. 좀 더 수업에 집중할 수 있었고, 덕분에 현저하게 떨어졌던 성적이 좋아졌다. 그리고 시야를 좀 더 넓힐 수 있어서 많이 편안해졌다.

사흘 뒤, 오후에 기예르모를 만났다.

"산책할까?"

"좋아."

동네를 산책하다가 자연스럽게 공원으로 가게 되었다. 우리 동네에서 가장 좋은 곳이기도 하고, 공원 한가운데에 시냇물이 흐르고 있어서 정신없이 걷다 보면 어디에 있는지조차 모를 때도 있는 곳이었다. 한여름에는 사람들로 발 디딜 틈조차 없었다. 우리 아빠는 공원이 온 동네 집들이 모두 모이는 방 같다며, 동네 사람들을 다 만날 수 있다고 말했다.

찬란한 오후였다. 깊어 가는 늦가을이라고 여겨지지 않을 정도였다. 우리는 길을 따라 곧장 걸어갔다. 딱히 방향을 정한 건 아니었다. 단지 사람이 너무 많은 곳은 피하려고 했을 뿐이었다. 기예르모는 쉬지 않고 말했다. 그랬다. 언제나 끊임없이 말했다. 그러나 그날 오후에는 조금 예민하고, 서두르는 듯 보였다. 몇 차례 끼어들어서 이야기하려고 했지만, 기회를 주지 않았다.

그가 갑자기 멈춰서 풀밭을 가리켰다.

"잠깐 저기에 앉자."

지난번처럼 풀밭이 축축해 보이지 않았다.

그는 내 얼굴을 마주 보려고 앞에 앉았다. 그러면서 내 평생 들어 본 적 없는 가장 재미없는 농담을 했다. 그제야 그가 불안해한다는 사실을 깨달았다. 아닌 척했지만, 주변을 자꾸 살펴봤다. 갑자기 에우헤니오가 생각났다. 근처에서 에우헤니오를 봤을까? 다른 때처럼 우리를 따라다니는 것을 알아차렸을까?

"너 좀 이상해."

"내가 좀 이상한 것 같아?"

대답인지 질문인지 모를 모호한 말이었다.

나는 어깨를 으쓱했다.

그러자 그는 막힌 목을 뚫으려는 듯 침을 크게 삼켰다. 그리고 나를 뚫어지게 바라봤다.

"너도 알고 있었지?"

"뭐를?"

"말을 돌리지 않고 바로 말하는 편이 나을 것 같아."

"그렇지."

그때 내가 얼마나 천진난만했는지. 그가 솔직하게 말하려는 것이 무엇인지 상상도 못 했다.

"그러니까 내가 너를 좋아한다고." 긴장해서 말을 조금 더 듬었다. "내가 너를 좋아한다는 말을 하고 싶어. 무척 좋아한다는 말을."

노엘라 말이 생각나서 물었다.

"나를 좋아한다고?"

"아주 많이."

나의 놀란 마음은 오래가지 않았다. 곧바로 이제 어떻게 해야 할지 고민스러워졌기 때문이다. 기예르모와 단둘이 공원에 있다. 문제는 내가 아무 말도 못 했다는 것이다. 아니 정확하게 말해서 그가 아직 알지 못하는 그 대답을 나도 몰랐다는 것이다.

그가 긴장하고 떠는 느낌이 고스란히 내게 옮겨 왔다. 그때 나무 뒤에서 우리를 감시하는 에우헤니오를 상상했다. 그곳에 있다 해도 요즘은 그가 하는 행동을 우리는 ― 특히 나는 ― 그리 신경 쓰지 않았다. 어떻게 이런 일이 가능할까?

다시 기예르모를 바라보니 그는 무척 가까이에 와 있었다.

얼굴이 바로 내 코앞에 있었다. 그는 나에게서 눈을 돌리지 않았다. 그런데 그의 시선은…….

"왜 그렇게 나를 보는 거야?"

"너를 무척 좋아하니까."

계속 가까이 다가와서 그의 입술이 서툴게 내 입술에 포개질 지경이었다. 나에게 키스하려고 했다. 사실, 우리 입은 이미 합쳐져 있었다. 그러나 그 입맞춤은 경험이 없는 서툰 두 사람의 키스 같았다. 그가 경험이 있는지는 모르겠지만, 나는 경험이 있었다. 에우헤니오와의 키스는 단순한…….

에우헤니오 생각이 나자 몸을 피하려고 했다. 그러나 이미 기예르모는 한쪽 팔로 내 허리를 감싸 안고, 다른 팔은 내 어깨 위에 올려놓았다. 그는 나를 붙잡고 키스했다. 마침내 입술이 촉촉해졌고 그의 입술을 느꼈다. 온몸을 꼼짝할 수 없었다. 단지 내 입술만이 자신의 생명을 찾아 그 키스를 되돌려 주는 것 같았다. 우리 중 그 누구도 끝내고 싶어 하지 않았다.

처음에는 걱정스럽게, 불안하게, 당혹스러워하면서 기예르모와 키스했다. 그러나 그 모든 감정은 어느새 녹아 버렸다. 어쩌면 침 때문인지 모르겠다. 우리의 입맞춤은 기쁨으로 넘어갔다. 그랬다. 눈을 감고 그의 입술 위에 내 입술을 눌렀을 때 기쁨을 느꼈다.

마침내 우리가 떨어졌을 때, 곧바로 절대 일어나지 말았어야 할 일이 일어났다고 생각했다. 절대!

"가자."

기예르모에게 단호하게 말했다.

"너에게 말할 게 있어. 무척 중요한 거야."

그가 고개를 숙이고 낯선 목소리로 무척 진지하게 말했다.

"그런데 지금 말해야 해?"

"응, 지금 당장. 단 1초도 더 못 기다리겠어."

여러 차례 네레아와 함께 결말, 마지막, 끝에 관해서 이야기했다. 영화의 결말과 소설의 결말. 너무나 감동적이었는데 이야기가 갑작스럽게 끝나 버리면 결말을 다시 써 달라고 하고 싶어질 때가 있다. 그러나 또 어떤 때는 이야기가 전혀 재미없고 결말이 아무 의미 없이 늘어져 참을 수 없을 때도 있다. 그럴 때는 이야기가 빨리 끝나기를 기다리게 된다.

우리 모두 알고 있다. 빠른 결말도 있고 느릿한 결말도 있고, 예상된 결말도 있고 놀라운 결말도 있으며, 열린 결말, 닫힌 결말도 있다는 사실을 알고 있다. 물론 결말이 없는 경우도 있다.

내가 지금 아빠의 만년필로 쓰고 있는 이 거지 같은 이야기는 소설도 아니고 아무것도 아니다. 물론 어느 순간 소설처럼 보이지 않을까 생각은 했다. 하지만 분명히 나는 소설가도 아니고, 이런 경험을 하고 나니 소설가가 될 가능성도 접었다. 이제 그만 쓰고 싶다. 이 테라피를 끝내려고 한다. 상담 선생님이 추천해 주고 네레아가 용기를 준 이 일을 그만두고 싶다.

상담 선생님이 내담자에게 지금까지 일어난 모든 일을 글로 써 보라고 추천하는 건 얼마나 쉬운 일인가! 치료법이 이런 식이라면 대학을 졸업하지 않고도 상담 선생님이 될 수 있을 것이다. 마지막에 내담자에게 그 공책을 달라고 해서 읽어 보고는 목소리를 가다듬고 '무슨 일이 일어났는지 알 것 같아요.'라고 말하면 되니까. 그렇게 하면 다 통할 것이다!

그러나 나는 됐다. 상담 선생님에게 단 한 글자도 쓰지 않았다고 말할 것이다. 아니, 그건 불가능하다! 이미 내가 글을 쓰는 것을 안다. 그러면? 찢어 버렸다고, 태워 버렸다고, 파쇄기에 넣어 버렸다고 말해야겠다. 욕할 테면 하라지!

이제 결말에 이른 것 같아서 이런 말을 하는 것이다. 누군가 이 글을 읽는다면 같은 생각을 할 것이다. 물론 역사상 남을 만한 대단한 결말은 아니다. 그런 일이 나에게 일어난다는 건 상상조차 할 수 없으니까.

나는 공원을 벗어나 집으로 가서 방금 일어난 일을 가능한

한 빨리 잊어버리고 싶었지만, 기예르모의 말을 듣고 그대로 있었다. 기예르모가 급히 말해야 한다고 한 건 뭔가 무척 중요해 보였다. 긴장한 표정과 떨리는 목소리로 알 수 있었다.

직감적으로 단지 나를 좋아한다거나 나에게 관심이 있다거나 하는 말이 아닐 거라는 예감이 들었다. 그런 말이라면 그토록 심각할 일이 아니었다. 뭔가 어려운 이야기를 하기에 키스 직후만큼 좋은 순간이 있을까? 기예르모가 이런 모습을 보인 적이 한 번도 없어서 걱정됐다.

"무슨 말을 하고 싶은데?"

그는 잠시 고개를 숙이더니 내 눈을 똑바로 봤다.

"너를 무척 좋아해, 마리나."

이런 말을 하려고! 뭔가 다른 이야기를 할 거라고 생각했다. 이 말을 하려고 그렇게 뜸을 들였단 말인가?

"알아. 그런데……."

"아무 말도 하지 마. 제발." 나에게 간청했다. "내가 지금부터 하려는 말은 나에게 정말 고통스러워. 그리고 네가 이해하지 못할 거라는 것도 알고 있어."

나는 그의 말이 끝나기 전까지 아무 말도 하지 않기로 했다.

"그래서 더 이야기를 하기 전에 내가 너를 사랑하고, 이 순간 나는 솔직한 마음이라는 걸 너에게 알려 주고 싶어. 정말로 내 진심이라는 걸 말이야."

나는 그의 말을 들을 준비가 되어 있었다. 긴 이야기를 다 듣고 난 뒤의 답 또한 준비되어 있었다. 그러나 그의 이야기는 예기치 못한 국면으로 접어들었고, 나는 입을 다물지 못했다.

그때 느낀 감정을 설명할 수는 없다. 이야기를 따라가던 나는 너무나도 예기치 못한 감정을 경험했기 때문이다. 결론은 나쁜 정도가 아니라 극심하게 나쁜, 지독히도 나쁜, 최악의 이야기였다.

"너도 알다시피 나는 에우헤니오랑 잘 지내고 있어. 이상한 일은 아니야. 나는 모든 사람과 잘 지내니까. 하지만 에우헤니오가 나랑 잘 지내는 건 나도 이상하다고 생각했어. 내 가장 친한 친구가 에우헤니오는 아니야. 하지만 그 애의 가장 친한 친구는 나일 거야. 너희의 관계가 깨졌을 때, 아니 그 녀석이 너랑 관계를 끊겠다고 결심했을 때, 나한테 전화했어. 나는 속으로 기뻐했어. 이유는 새삼 설명할 필요가 없을 거야. 그런데 걔는 계속 자기 계획을 말했는데 난 이해할 수 없었어. 너를 좋아하지 않아서 그만 만나자고 한 게 아니었어."

"그 말이 틀림없어?" 마지막 말을 듣자 가슴이 두근거렸다.

"본인이 그렇게 말했으니까. 그런데……." 기예르모가 말을 멈췄다.

"뭘 원했대?"

"어떻게 말해야 할지 모르겠다. 그러니까…… 너에게 확신을 원했어. 너를 시험하고 싶었던 거야."

"이해하지 못하겠어."

"쉽게 이해할 수 없을 거야. 알아. 나도 이해할 수 없다고 말했으니까. 그는 네가 어떻게 반응할지 알고 싶었던 거야."

"그냥 전화 걸어서 물어보면 되잖아."

"나에게 제안했어." 기예르모는 고개를 떨구었다. 그리고 다시 내 눈을 바라보지 못했다. "나에게…… 그러니까 너에게 접근하고 따라다니고 너와 이야기를 나누고 사귀자고 하라고 시켰어. 알고 싶었던 거야. 네가 어떻게 나올지. 너를 시험해 보고 싶다고 했어."

그 순간 토할 것 같았다. 실제로 토했다면 기예르모의 얼굴에 대고 토했을 것이다.

"역겨워!" 어떤 식으로든 분노를 표현하고 싶었다. 그러나 내 몸은 정반대였다. 스스로 위축되고 혼란스러워서 오그라들고 고통스러워서 힘을 잃었다.

"내 진심을 믿기 어렵다는 거 잘 알아. 하지만 우리 사이에 있던 일은 나에게는 놀이가 아니었어. 특히 오늘, 오늘 우리가 한 키스……"

"그만해!"

"맹세할게……"

"맹세하지 마. 넌 쓰레기야!"

"내 평생 이렇게 솔직한 적은 없어. 너를 사랑해. 믿어 줘."

"나랑 무슨 상관인데!" 있는 힘을 다해 소리쳤다.

나는 혼자 걸었다. 그러나 내 이성은 이미 힘이 최대치에 다다른 기관차처럼 폭주했다. 몇 걸음 가다가 갑자기 멈춰서 뒤돌았다.

"처음부터 우리가 감시당하는 거 알았지? 안 그래?" 내 목소리 톤을 바꾸지 않은 채 물었다. "대답해! 인정하란 말이야!"

"맞아."

"그러면 지금은 어디에 있는 거야? 오늘은 어디에 숨었어?"

갑자기 에우헤니오가 공원 어디엔가 숨어서 이 모든 걸 하나도 빼놓지 않고 지켜보고 있다는 사실을 알았다. 나를 시험한다고! 그 말이 내 머릿속에서 계속 맴돌았다. 온몸에서 분노가 솟구쳐 올랐다. 뭘 시험한다고? 그를 향한 내 사랑을? 도대체 무슨 권리로 이런 짓을 하는 건데!

"에우헤니오!" 사방을 바라보면서 소리쳤다. "에우헤니오!"

사람들이 이상하게 봤지만, 계속 나무 하나하나 샅샅이 살펴보며 그를 찾았다.

내가 미친 듯이 사랑한 인간이 나를 시험하고 싶어 했다. 나를 시험하다니! 경주에 나가기 전에 자동차를 시험하는 것처럼! 콘서트 전에 소리가 잘 나오는지 마이크를 테스트하는 것처럼! 바지를 사기 전에 한번 입어 보는 것처럼! 음식이 맛있는지 시험 삼아 한입 먹어 보는 것처럼!

도대체 왜 나를 시험한다는 것인가? 그의 머릿속에 자리 잡고 있는 그 악마 같은 존재가 뭐라고 말한 걸까? 내 감정을 의심하게 했나? 나를 100% 가진 사실을, 내가 그의 소유라는 사실을, 언제든 원하기만 하면 내가 그를 위해 준비되어 있다는 사실을, 나를 지배하고 자기 맘대로 조종할 수 있다는 사실을 확인하려고 나를 시험했다고? 머릿속에서 네레아가 그토록 이야기하던 모든 말이 떠나지 않았다.

"에우헤니오!"

마침내 그를 발견했다. 그는 커다란 나무 옆에 꼼짝도 하지 않고 있었다. 조각상 같았다. 내가 소리쳐도 전혀 동요하지 않았다. 나에게 다가올 기색도 없었고, 떠나갈 기미도 보이지 않았다.

그에게 걸어가면서, 나는 온갖 종류의 욕을 퍼부어 주고 내 손으로 천천히 그의 목을 졸라야 한다고 느꼈다. 머릿속에서 그가 죽어 가는 모습을 느리게 그려 봤다. 그러나 그에게 다가갈수록 점점 더 혼란스러웠다.

두 뼘 정도의 거리에서 그를 마주하자 견딜 수 없을 만큼 긴장되었다. '너 미쳤구나!'라고 외치고 싶었지만, 목구멍에서 나오지 않았다.

"이해할 수 없어. 이해할 수 없어……. 왜 이런 일을 벌인 거야? 나를 파멸시켰어!"

그 순간 가볍게 고개를 들더니 에우헤니오가 경멸하는 표정을 지었다. 틀림없이 나를 향한 경멸이었다.

"정말?" 거만하게 말했다.

"어떻게 내 마음을 의심할 수가 있어?"

"이제 모든 걸 알았어."

에우헤니오의 몸이 잘게 떨렸다. 처음 보는 모습이었다. 나는 무서웠다.

"이제야 네 진심을 알았다고. 너희가 키스하는 걸 봤단 말이야!"

"네가 그렇게 만들었잖아!"

"그래서 너는 이 새끼한테 빠져들었고! 내가 너를 파멸시켰다고? 네가 나에게 어떻게 했는데? 어떻게 했는데! 내가 느낄 감정을 한 번이라도 생각해 봤어?"

"뭘 느끼는데? 내가 수천 번도 더 물었잖아. 도대체 뭘 느끼는데?"

"알고 싶어? 지금 내 안 어디선가 독이 울컥울컥 올라와. 분노의 독이야. 그래, 끔찍한 분노를 느껴. 내가 뭘 본 거지. 지금 너를 패 주고 싶은 생각밖에 안 들어."

"나를 패 준다고?"

"그게 내가 느끼는 거야! 내가 뭘 느끼는지 알고 싶다고 했 잖아!"

"그럴 수 있을 거 같아?"

내가 미쳐 버렸던 것 같다. 그러니까 그때까지 미쳐 있던 것 보다 더 미쳐 버렸다. 에우헤니오에게 미쳐 있던 것보다 더.

"때려 봐. 빌어먹을 인간아, 뭘 기다려? 쳐 봐. 자, 때려 보라 고, 오만한 사이코 새끼야!"

그다음 순간의 기억은 희미했다. 그는 내 왼쪽 눈에 주먹을 날렸다. 그 충격으로 비틀거리면서 뒷걸음질하다가 결국 바닥 에 넘어졌다. 나는 완전히 얼이 빠졌고 눈 주위는 활활 타오르 는 횃불이 옆에 다가온 듯 뜨거웠다.

기예르모가 내 위를 건너뛰어서 격분한 호랑이처럼 에우헤 니오에게 달려들었다. 둘은 서로 치고받기를 멈추지 않으면서 바닥을 굴렀다. 나는 꼼짝 못 하고 그 광경을 지켜봤다. 끔찍 했다. 바닥에서 일어나지도 못한 채 나는 끼어들어서 둘을 떼 어 놓으려고 했다. 그러나 너무 어지러웠다. 에우헤니오에게 맞 아서 정신이 멍멍했다.

계속 쓸 수 없다.

단번에 결말로 가야겠다.

분명히 '결말'은 '마지막'과 같은 말이 아니다. 마지막을 쓸 수 있을지 모르겠다.

공원 주위를 살피던 경찰차가 있었던 것 같다. 가운데에 한 소녀를 두고 두 남자아이가 싸우는 모습을 보고 누군가가 경찰에 신고했다. 경찰들이 에우헤니오와 기예르모를 떼어 놓았고, 내가 일어나도록 도와줬다.

"괜찮아요." 나는 계속 그렇게 말했다.

괜찮지 않은 건 치고받고 싸운 쪽이었다. 코피가 쏟아졌고 온몸에 수도 없이 상처가 났다. 옷은 피투성이였다. 에우헤니오의 한쪽 눈썹이 찢어졌고 기예르모의 입술은 터지기 직전의 순대처럼 부어올랐고, 입에서 피가 새어 나왔다.

조금 뒤에 구급차가 와서 우리 셋을 치료했다. 창에 비친 내 모습을 봤다. 왼쪽 눈은 부어올라서 앞이 보이지도 않았고 눈 주변은 온통 보랏빛이었다.

우리 셋은 경찰서로 갔다.

오래 기다릴 필요는 없었다. 각자의 부모님이 거의 동시에 도착했기 때문이다.

더 쓰고 싶지 않다. 눈치 빠른 독자라면 분위기가 어땠을지 짐작될 것이다. 계속 쓰고 싶지 않다.

우리 셋의 부모님들 반응은 비슷했다. 잘잘못을 가리려면 사실관계를 충분히 밝혀야 했고, 그러기 위해서는 우리의 증

언이 중요했다. 진술을 듣기 전에 엄마가 먼저 엄포를 놓았다.

"누가 내 딸 얼굴에 손댔는지 알게 되면 끝까지 책임을 물을 거예요. 아무것도 나를 막지 못해요!"엄마가 화가 나서 에우헤니오를 흘겨보며 말했다.

에우헤니오의 엄마는 한마디도 나무라지 않고 아들을 끌어안았다. 그 침묵에 나는 깜짝 놀랐다. 그리고 그의 아빠의 눈빛에서 지배욕이 강한 괴물의 모습을 보았다. 누가 에우헤니오의 머릿속에 그런 괴물을 집어넣었을까? 기예르모가 말한 것처럼 이 사회가 문제일까? 아니다. 그렇게 단순한 문제가 아니다.

더는 계속 쓰고 싶지 않다.

23장

오늘 공책을 열어 보고서 내가 쓴 첫 문장에 눈이 갔다. 그때는 어떻게 시작해야 할지 몰라서 이야기의 줄거리 방식과 방향을 찾고 있었다. 지금은 어떻게 끝내야 할지 모르겠다. 결말은 이미 이야기했지만 마지막은…….

그런데 왜 마지막이 있어야 하지?

에우헤니오와 기예르모와 나, 이렇게 셋의 진실은 거의 다 밝혀졌다. 그리고 엄마가 경찰서에서 예고한 대로 우리 부모님은 끝까지 갔다. 그래서 일이 더 어렵게 됐다.

그때부터 나는 상담을 받으러 다녀야 했다. 여러 차례 싫다고, 필요 없다고 말했지만, 결국 다녔다. 그래서 글을 써 보라는 이야기만 유일하게 받아들인 것이었다. 그것도 이제는 쓸모

없는 일이 되었다. 이 공책을 없애 버리기로 마음먹었으니까.

그 뒤로 엄마는 나에게서 한시도 눈을 떼지 않았다. 내가 방문을 닫으면 열고, 목욕탕에 너무 오래 있으면 나오라고 소리쳤다. 또 내가 너무 잠자코 있으면 쓸데없이 말을 걸었다.

기예르모와는 교실에서 매일 마주쳤지만, 단 한 마디도 나누지 않게 되었다. 그리고 다시는 에우헤니오를 보지 못했다. 강제 전학을 갔기 때문이다. 하지만 매일매일 그를 생각하면서 지낸다.

시간은 치유해 주는 것이 아니라 그 반대였다. 모든 것을 엉망으로 만들 뿐이었다. 스테파노 할아버지의 말이 맞았다!

에우헤니오가 그토록 힘들게 했지만 나를 사랑했다는 사실을 알게 되었다.

"바보야, 눈을 좀 떠!"

네레아의 외침이었다.

그리고 내가 그를 사랑하는 것처럼 그도 아직 나를 사랑한다고 믿었다. 만일 이 말을 우리 엄마 아빠에게 한다면, 나를 정신 병원에 입원시킬 것이다.

바보야, 눈을 좀 떠!

또 님프와 파우누스 꿈을 꾸었다. 너무 자주 꾸는 꿈이라 이제는 내 일부처럼 느껴졌다. 어젯밤 꿈은 무척 이상했다.

찬란한 태양 빛으로 빛나는 아름답고 평화로운 풍경. 하늘은 구름 한 점 없이 짙푸르다. 반짝반짝 윤이 나는 돌멩이들 사이로 비스듬히 개울물이 흐른다. 양쪽으로 드문드문 무성한 나무들이 있는 포근한 초원이 펼쳐져 있다. 춤추듯 물 흐르는 소리, 새들이 지저귀는 소리, 바람에 나뭇잎들이 스치는 소리, 벌레들이 윙윙거리는 소리, 개구리 울음소리 등 다양한 소리가 끝없이 들려온다.

뒤편 끝에 파우누스가 있다. 당당한 풍채는 사라졌다. 무릎을 꿇은 염소 다리 위로 몸을 구부리고 있다. 머리는 거의 무릎이 있는 곳에 닿아 있다. 꼼짝 않고 있다. 다른 쪽 끝, 그러니까 앞쪽에는 님프가 있다. 님프 역시 꼼짝 않고 바닥에 쓰러져 있다. 개울물이 둘 사이를 갈라놓고 있다.

님프가 살짝 고개를 들고 파우누스를 바라보면서 뭐라고 말을 한다.

나는 입 모양을 보고서 말을 한다는 사실을 알 수 있다. 그렇지만 님프의 입에서는 아무 소리도 나오지 않는다.

파우누스도 님프를 바라보면서 대답하지만, 그의 입에서도 소리가 나오지 않는다. 잠시 두 인물은 소리를 내지 못한 채 말한다.

우리는 그들이 얼마나 애를 쓰는지 볼 수 있다. 그들의 몸짓으로 보아 서로 전혀 알아듣지 못한다는 사실을 알 수 있다. 님프는 다시 고개를 숙인다. 파우누스도 마찬가지다.

어떻게 끝내야 할지 모르겠다.

어느 날 밤에 욕실에서 파자마 윗도리를 풀어 헤치고 찍어서 에우헤니오에게 보낸 사진을 생각했다.

둘 다 그 사진 이야기를 하지 않았기 때문에 그 사진은 우리만 안다.

어느 순간, 그가 나에게 복수하고 싶어서 SNS에 그 사진을 올리지 않을까 걱정했다. 내가 먼저 할까도 생각했다. 만일 그가 사진을 올리려고 하면 내가 먼저 할 거라고 생각했다. 그러면 모든 사람이 그가 얼마나 별 볼 일 없는 인간인지 알게 될 것이다. 그러나 우리 중 아무도 그런 일은 하지 않았다.

틀림없이 그 사진을 지우지 않고 나처럼 휴대폰 앨범에 간직하고 있을 것이다. 또한 가끔 그 사진을 보면서 그의 생각 안에, 그의 소망 안에 나를 더 가까이 느끼고 싶어 할 거라고 생각한다.

나는 그를 용서했다고 믿는다.

네레아에게 그렇게 이야기했다.

"나는 그를 용서했다고 믿어. 하지만 에우헤니오가 나를 용서했을지는 모르겠어."

"뭐라고오오오?"

네레아가 했던 말, 아니 퍼부었던 말을 모두 다 여기에 쓰지는 않을 것이다.

그 모든 것에도 불구하고…… 네레아, 내가 너를 얼마나 사랑하는지!

내가 더 강했어야 했다.

더 믿음을 가졌어야 했다.

그리고 무엇보다 기예르모에게 끌려 다니지 말았어야 했다. 그 더러운 놈은 에우헤니오가 우리를 보고 있을 거라는 사실을 알면서 나에게 키스했다. 나를 미치도록 사랑했다고 해도 아무 소용없는 일이다.

모두 에우헤니오가 이 모든 일에 대한 책임이 있다고 손가락질한다. 그리고 에우헤니오는 이미 그 값을 치렀다. 전학을 가야 했고, 소년 법원의 판결을 기다린다.

그런데 진짜 책임이 있는 인간은 기예르모라는 사실을 아무도 모른다. 나는 큰 소리로 분명히 말할 수 있다. 지금은 나에게 그렇지 않다고, 눈을 좀 제대로 뜨라고 소리칠 네레아가 없기 때문이다.

나는 눈을 크게 떴다. 그렇다. 나는 에우헤니오를 용서했다. 그런데 그는 나를 용서했을까? 그는 나의 사랑을 확인하고 싶었는데 나는 보기 좋게 배신했다.

이런! 잉크가 떨어져 간다. 만년필로 글을 쓸 때 일어나는 나쁜 점이다. 이미 늦었다. 조금 전 부모님은 잠이 들었다. 아마 에우헤니오는 지금 휴대폰에 있는 내 사진을 보고 있을 것이다. 에우헤니오만 그 사진을 볼 수 있다.

에우헤니오, 너는 그런 일을 할 권리가 전혀 없었어. 너의 행동은······.

그렇지만 그게 너였니?

아니면 네 안에 있는 악한 존재였니?

아픈 사람만 그런 식으로 행동할 수 있어. 하지만 네가 아파서 도움이 필요하다는 사실을 알아차릴 사람은 아무도 없잖아.

너 아프니?

그 악한 존재는 네가 아니지?

그런데 끝은?

♥   223

어떻게 끝날지 모른다. 하지만 다시는 이 말을 반복하지 않겠다.

에우헤니오, 네 이름을 쓰기 위한 잉크조차 남아 있지 않아.

에우헤니오

네 개의 선으로 그려진
네 모습 위에
부드럽게
비가 내려.
네 모습이 종이 연못에서 흐려지고 있어.
네 몸 위에
부드럽게
비가 내리고
매 순간
내 눈에서는 눈물이 말라 가.

그런데 끝은?

지금 이 이야기를 하나의 소설로, 어찌 되었든 누군가 읽을 거라고 상상해 본다. 다음 장에 빈 종이를 남겨 놓으려고 한다. 원한다면 당신이 끝을 써 줬으면 한다.

이 이야기의 끝.

나는 쓸 수 없다.

맹세한다.

당신이 이 이야기를 끝맺어 준다면 마음 깊이 고마워할 것이다. 소설 때문이 아니라 나 자신을 위해서. 숨쉴 수 있는 공기만큼 이 이야기의 끝이 필요하다.

♥

♡

♥

♡

♥

안녕 청소년 문학 01

내 사랑을 반대합니다

초판 1쇄 인쇄 2023년 9월 10일
초판 1쇄 발행 2023년 9월 14일

지은이 알프레도 고메스 세르다
옮긴이 김정하
펴낸이 나힘찬

기획총괄 김영주
디자인총괄 손현주
표지그림 설은정
인쇄총괄 야진북스
유통총괄 북패스

펴낸곳 풀빛미디어
등록 1998년 1월 12일 제2021-000055호
주소 (10411) 경기도 고양시 일산동구 정발산로 166번길 21-9
전화 031-903-0210
팩스 02-6455-2026

이메일 sightman@naver.com
인스타그램 @pulbitmedia_books
블로그 blog.naver.com/pulbitme
페이스북 www.facebook.com/pulbitmedia

ISBN 978-89-6734-188-6 44800
　　　　978-89-6734-187-9 (세트)